KB198766

금빛 두바이

금빛 두바이

금빛 진주알을 건져 올린 여정

초 판 1쇄 2024년 12월 25일

지은이 금빛(조희정)
펴낸이 류종렬

펴낸곳 미다스북스
본부장 임종익
편집장 이다경, 김가영
디자인 윤가희, 임인영
책임진행 김은진, 이예나, 김요섭, 안채원, 장민주

등록 2001년 3월 21일 제2001-000040호
주소 서울시 마포구 양화로 133 서교타워 711호
전화 02) 322-7802~3
팩스 02) 6007-1845
블로그 http://blog.naver.com/midasbooks
전자주소 midasbooks@hanmail.net
페이스북 https://www.facebook.com/midasbooks425
인스타그램 https://www.instagram.com/midasbooks

ISBN 979-11-6910-971-0 00810

값 19,500원

미다스북스는 다음세대에게 필요한 지혜와 교양을 생각합니다.

금빛 두바이

금빛 진주알을 건져 올린 여정

조희정 지음

미다스북스

금빛 (조희정)

스토리텔러. 두바이 미들섹스 대학에서 미디어 매
니지먼트 석사과정을 마쳤다. 금빛 도시 시리즈의
여권이 되어준 『금빛 매력 자본』을 시작으로 두바
이, 밀란, 발리, 나이로비 등 외국의 도시에서 머물
면서 그곳에서 피어나는 이야기들을 담아내고 있
다. 첫 번째 에세이이자, 지난 칠 년간 머문 도시에
서의 기록을 담은 『금빛 두바이』를 펴냈다.

인스타그램 instagram.com/geumbbit

프롤로그

　두바이 오페라에서 치른 뜨거웠던 대학원 졸업
식을 마치고 한국으로 돌아온 지 얼마 지나지 않
아 코로나가 시작됐다. 당시에 난 시린 겨울을 지
나고 있었고, 모든 감각을 끄고서 구직자 신분으
로 정부 지원금을 받아 그래픽 디자인을 배우는
데에 열을 올리고 있었다. 하루는 시커먼 여섯 시
새벽 요가로 시작되곤 했다. 집으로 돌아와 얼른
씻은 뒤, 귀에 영어 팟캐스트 하나 꽂고서 버스에
올라타면 매일 삼십 분 일찍 학원 앞에 도착할 수

있었다. 건물 일 층에 있던 김밥집에서 탱글탱글하게 잘 말려 반짝이는 김밥 한 줄을 계란국과 함께 맛있게 즐겨 내는 것은 내게 중요한 임무이자 낙이었다. 이어지는 네다섯 시간을 포토샵과 일러스트, 인디자인 수업으로 바쁘게 달려 내고 나면, 집에 가는 길엔 늘 옆 동네에 내려 한참을 실컷 걸었다. 그렇게라도 하지 않으면 아마도 속이 시커멓게 타 버릴 것만 같았기 때문이다.

그러던 어느 날, 정신없이 손가락 춤을 마치고 집에 갈 버스 시간을 확인하던 찰나였다. 실시간으로 뜬 한 기사를 보고는 강사분과 구직자 디자이너 동료들이 일제히 웅성이는 대화가 귀에 꽂히기 시작했다. 그날 후로 마스크를 쓰고 등원하는 것은 필수가 되었고, 손바닥만 한 열 체크기가 강의실에 등장해 매일 아침 우리들의 귀를 두드렸다. 자연스레 그 주의 금요일 오전으로 잡혀 있던 서울의 한 여행 잡지사 에디터 면접도 기약 없이 공기 중으로 붕 떠 버렸다. 이미 도착해 옷장 속에 걸려 있던 면접 복이 허탈해졌다. 회사의 대표라는 분의 책까지 사 읽으며 정성껏 준비해 왔는데, 그 허망함과 안타까움은 누구에게도 터놓을 길 없이 난 철저히도 혼자였다.

시간은 흘러, 비행 수속을 기다리던 인천 공항. 그날 아침은 일찍이 제주에서의 마지막 날을 마무리하고 오느라, 열 시간의 두바이행이 시작되기도 전에 난 이미 쓰러질 준비가 되어 있었다. 쓰나미처럼 몰려온 코로나 사태로 얼떨결에 시작된 제주 한해살이였다. 실버 라이닝 같은 제주가 있어 숨 쉴 수 있었지만, 당시 한국이 참을 수 없던 날 꺼내준 건 바로 세계적인 질병을 가장 먼저 뚫고 열린 두바이 엑스포였다. 그 무모하고 뜨거운 것이 날 두바이로 다시 데려다준 거다.

두바이 프레임은 도시의 가장 상징적인 랜드마크 중 하나로 꼽힌다. 세계인들이 그곳에 올라 두바이의 구시가지와 신시가지, 과거와 현재를 한눈에 내려다볼 수 있기 때문이다. 나에게 두바이 엑스포는 바로 그 프레임 같은 존재가 되어 주었다. 퓨처리즘을 외치며 하루가 다르게 성장해 가는 이 도시의 한가운데서, 도시의 모든 것이 낯설던 과거의 나와 더는 이곳에 익숙하지 않은 것을 찾기 힘든 지금의 나를 양쪽에 두고서 사이의 여정을 주욱 되돌아본다. 빛줄기를 따라 시작된 항해에서 금빛 크릭을 만나고, 나만의 진주알을 건져 올리기까지의 그 여정을. 이 한 권에 담긴 나의 기록들이 누군가에게는 벗이 되고, 어떤 이에게는 한 줌의 빛이 되길 바라 본다.

CONTENTS

1장

빛줄기를 항해
따라

틀림없이 행복합니다

한 달 중에 내가 가장 사랑하는 날은 어김없이 든든한 빛으로 소리 없이 곁에 와 있었다. 밤하늘에 보름달이 동그랗게 떠오른 날. 나의 연인과 나는 싸운 뒤 극적인 화해를 하고 나면 하늘엔 보름달이 해맑게 떠 있곤 해서, 달이 차오를 무렵이면 서로 부딪히지 않게 눈치작전을 벌이곤 했다. 그 날 역시도 며칠간의 시끄러운 침묵 끝에 기막힌 화해를 겨우 맺고 우리는 밤 산책을 하러 나가던 길이었다.

새로 입사한 직장 때문에 이사 오게 된 셰이크 자이드 로드(Sheikh Zayed Road). 일 년이 다 되어 가지만, 아직도 얼마 전이라는 말을 붙여야 할 것처럼 낯설고 새로운 이 두바이 중심부의 동네는 늦은 새벽부터 이른 새벽까지 언제나 달리는 차들로 잠들지 않는 곳이다. 이사 오기 전까지 살던 곳은 모토 시티(Motor City)라는 듣기만 해도 웅웅 엔진 소리가 울리는 동네였다. 스포츠카들이 경주를 벌이는 주말만 피하면, 정갈한 초록빛 가든 속 컴파운드라 집 앞만 나가도 얼마든지 풀들을 보며 거닐 수 있었다. 호롱불 사이로 우리만의 와인 파티를 즐길 수 있었던 운치 있고 작은 테라스도 탁월한 몫을 해냈다. 물론 지금 우리에겐 시원한 생맥주와 함께 수영을 즐길 수 있는 스피커 빵빵한 라운지 풀장이 생겼다. 레슨 잡힌 시간만 피하면 뛰어 내려가 라켓을 휘두를 수 있는 테니스장 역시도. 하지만 왜 지난날들은 잔인하게도 더 예뻐 보이는 것인지. 우리가 그리운 그것은 자

유일 거라. 우리의 공간과 시간을 마음대로 주무를 수 있었던 그 펄떡이는 자유. 지금 내가 가진 에잇 투 파이브 오피스의 삶과 북적이는 이 두바이의 오성 호텔 방에는 그 펄떡이는 것이 없었다.

우리가 향하는 산책로는 시티 워크(City Walk)로 이르는 골목길을 따라 걷다 보면 나오는 한 퍼블릭 공원이다. 드디어 두바이에 가을이 온 뒤로는 걸어서 출퇴근하기 시작했는데, 여섯 시면 신비로운 보랏빛을 입은 채로 나무 하나가 바삐 집을 향해 걷고 있는 나를 빤히 지켜보곤 했다. 그럼 난 시선을 고정하고 잠시 멈춰서, "오늘은 일찍 들어가야 해서. 곧 너만을 보러 올게." 속으로 약속하곤 했던 것이다. 오늘 밤이 바로 미뤄왔던 그날이자, '행복 나무'와 처음 진짜로 만나는 날이 될 터였다. 황홀한 보름달이 몇 개씩이나 걸려 있는 커다란 한 그루의 나무. 난 습관처럼 요리조리 그곳을 채운 사람들의 얼굴을 살핀다. 어떻게들 알고, 언제부터 이렇게 앉아 있는 건지. 좋아하는 곳에 가면 그곳을 일찍이 알고 채운 행운아들의 얼굴을 열심히 눈으로 찍어 살피는 것은 나의 오랜 리추얼이다. 그리곤 우리도 얼른 한 자리 잡고 앉아 좋아하는 망고 아이스크림에 빠져들기 시작한다. 목으로 넘어가는 노오랗고 청량한 그 달콤함에 집중하면서. 그럼 난 마치 잘 익은 달덩이가 되어, 멀리서 누군가 본다면 그저 그림 속 또 다른 동그란 빛 하나인 줄 알겠지. 철자가 더 단순한, 그곳의 이름은 해피(HAPI)라고 했다. 모든 게 다 쉬이 행복한 밤.

글쎄, 오늘 밤 달빛 아래 빌고픈 소원이란 게 다 뭐였지. 동그랗게 머릴 긁적이며 집으로 꿈꾸러 가는 길.

찰랑, 또 다른 원석 하나가 온 날

    여행지에 가서는 무작정 걷는다. 걸어야만 만날 수 있는 그 도시의 진짜 풍경이 있기 때문이다. 몇 년 전 제주살이를 시작할 무렵, 게스트 하우스에서 한 언니분을 만났다. 그녀는 육지에서 차를 가지고 내려와 여행 중이었는데 그 트렁크 속에는 조그마한 자전거도 하나 실어져 있었다. 이후 제주살이를 마치던 시점에서 그녀가 떠오른 건 그녀가 진정한 여행 고수였다는 것을 깨닫기 위해서였다. 차를 타고 드라이브를 즐기며 보는 그림 같은 제주와 자전거 위에 앉아 바람 타고서 해안 길과 마을을 가로질러 보는 낭만적인 제주, 그리고 꾹 꾹 걸음을 옮기면서 볼 수 있는 구석구석 동화 같은 제주의 모습을 그녀는 모두 즐기고 있었으니 말이다. 매일 자전거만 타고 다니던 나에게 재충전을 마치고 다시 육지로 올라가던 그녀가 전수해 주고 간 한 가지 팁도 바로 그거였다.

"자전거 너무 시원하고 좋죠. 그런데, 한 번은 걸어 봐요. 걸으면 또 보이는 게 많이 달라."

오만 가지 매력을 품고서 도시는 우리를 부른다. 자그마치 오만 가지 매력이라 했다. 그렇기에 누가 어떤 숨은 보석들을 만날지언정, 내가 만난 보석은 달라도 되는 거였다. 그곳을 어떻게 즐기고 느껴 내는지는 오롯이 우리 각자의 몫, 정해진 답 같은 건 없는 것이었다. 그래서 난 새로운 도시에 도착하면 지도 속에 궁금한 곳을 찾아가 무작정 걷는다. 나만의 방식으로 도시의 새로운 조각들을 발견하고 알아 가는 즐거움은 거기에서부터 왔다. 오늘은 내가 가장 좋아하는 동네로 향해 보려 한다. 두바이의 과거가 고스란히 남아 있어 얼얼한 곳. 말하자면, 진짜 두바이의 가장 오랜 모습을 볼 수 있는 올드 타운으로.

Friday 8 pm, 고대해 온 밤의 헤리티지 빌리지 산책. 두바이 올드 타운에는 머리(Al Fahidi Parking)와 꼬리(Al Seef Parking), 두 군데 주차장이 있다. 만 보 수준의 걷기를 원할 때는 머리에, 그 이상을 원할 땐 꼬리에 주차하고서 걷는다. 오늘은 두바이 커피 박물관이 있는 머리 쪽에 주차하고는 워쿄(Wokyo) 누들 숍에서 여행을 시작했다. 이는 부둣가를 따라 걷는 일정. 당신이 있는 계절이 두바이의 가을(11월 - 3월)이라면 낮이고 밤이고 걷기에 행복만 할 것이고, 여름(4월 - 10월)이라면 이 저녁 시간만이 유일한 기회다.

마즈미(Mazmi) 커피집까지 부둣가를 따라 닿고 나면 자연스레 수크를 통과하게 된다. 수크를 빠져나와 여전히 부둣가를 따라가면 첫 번째 선착장을 만나는데, 거기에서 조금 더 걸으면 어서 와서 맛보라는 호객 행위로 시끌시끌한 식당가가 펼쳐진다. 난 하필 여기가 늘 궁금했다. 탁 트인 부둣가의 테라스석이라니, 이건 분명 보석 같은 자리. 한데, 지나다니는 행인들을 잡으려는 식당 직원들이 만드는 시장 같은 분위기는 또 부담스러운 거다. 그렇게 눈은 아쉽다 말하지만, 손사래를 치며 그곳을 지나쳐 온 게 벌써 몇 번이 됐다. 여태 우아함은 혼자 지켜 내 왔다지만, 그 궁금증은 결코 연기처럼 사라질 것이 아니었다. 글쎄 그 산만한 분위기 속에는 말로 하기 어려운 무언가가 있었다. 가끔 용기를 내야 하는 날이 있다면, 한 알은 바로 그곳의 정체를 파헤치는 데 써야 하는 것이 마땅했다.

앞뒤로 식사하는 에미라티 가족들, 티와 함께 시샤를 즐기는 연인들, 그리고 끊임없는 호객 행위를 통해 십 분 전의 나처럼 긴가민가하고 들어오는 용기 있는 여행객들이 가득히 모여 앉아 열

을 이뤘다. 우리는 그들이 내어오는 훌륭한 해산
물을 먹으면서, 마치 거울을 들여다보듯 크릭 맞
은편 늘어선 빌리지의 불빛들을 바라본다. 그야말
로 완벽한 그림이었다. 그것은 바로, 일단 마음 열
고 이곳에 녹아들면 오늘 하루가 더 특별해질 거
라는 즐거움의 약속이었다. 그 약속은 오직 용기
내어 마음을 열고 들어간 자들만이 맛볼 수 있는
특권이었던 것이다. 오랜 궁금증이 명료하게 느낌
표를 달고 말았다. 오늘 밤 발견한 새로운 원석 하
나를 주머니 속에 채워 넣으면서 나는 또 다짐해
본다. 이곳에서의 남은 시간, 아낌없이 가진 용기
털어 써 보겠다고.

귀한 밤은 영화 같은 산책으로 이어졌다. 얼얼한 빛들을 더 가까이에서 느껴 보고 싶었다. 몇몇 사람들이 이미 벤치 곳곳에 앉아 빛 속에 둘러싸여 전율하고 있다. 그들은 아름다움 앞에 솔직했다. 자신의 욕망의 소릴 듣고서 두 손 두 발 들고 달려 나올 줄 아는 이들이었던 것이다. 말하자면 인생을 즐겨 내는 법을 이미 깨우친 고수들이리라. 마치 제주에서 만났던 그녀처럼. 끝나지 않으면 하는 산책길이 이어졌다. 몇 척이 되는 배들이 불빛을 달고 유유히 헤엄치며 우리의 벗이 되어 주고 있었다. 과연 어디까지 걸을 수 있을까 하는 마음으로 부둣가를 따라 걷다 보니 서서히 인적이 드물어지고 왼쪽에 놓인 푸른빛 표지판 하나가 보인다. 보행자용 지하도가 마련되어 있다는 신비로운 신호였다. 도통 처음 들어보는 올드 타운에 지하 세계의 존재는 우리의 호기심을 불러일으키기 충분했고, 생각도 전에 걸음은 이미 그 새로운 세계를 향해 뚜벅뚜벅 걸어 들어가고 있었다.

نفق عبور المشاة إلى ديره

Pedestrian Underpass

To Deira

취침 금지, 카드놀이 금지 같은 이색적인 표시들이 두바이의 지하도는 얼마나 다를까 하는 기대감을 부풀려 갔지만, 펼쳐진 그곳은 그저 베이지색의 반듯한 지하도. 이런, 아름다운 뷰에 젖어 방심했다니. 올드 타운에서는 럭셔리를 기대하지 말것. 이곳은 진짜들로 충분한 동네니까. (버두바이에서 데이라까지 지하 세계를 통한 순간 이동은약 오 분 소요.)

금 시장을 가진 데이라(Deira)로 고갤 드니 새로운 복합단지가 생겼다고 반짝이는 알전구들이방정맞게 늘어서 이를 알리고 있었다. 이런 곳에에어비앤비가 있으면 어떨까 하는 건설적인 상상에 잠시 잠겨 본다. 마침, 그 앞에 인도에서 온 요가 선생님이 하시는 진짜 요가원이 하나 있는 거지. 그럼 난 이 동네에 한해살이 하러 이사 올 준비를 하고 있겠네. 흥미로운 상상을 이어가 본다. 재미있는 상상은 결코 그것으로 그치는 법이 없으니까. 부둣가 쪽을 계속 따라 걷다 보면 어느 순간 눈앞에 베네치아가 펼쳐져 있다. 아, 맞은편에서 바라보는 올드 타운은 또 이렇게나 감동적인 아름다움이었구나.

걷기 여행을 마칠 준비가 됐다면 첫 번째 선착장, 아직 맛있는 망고 주스를 먹을 힘이 남았다면 답은 조금 더 떨어진 두 번째 선착장이다. 거리 한쪽에 마치 한국의 포차처럼 활짝 열려 서 있는 레스토랑에 잠시 앉아 한 잔을 맛있게 즐겨 보자. 그것이 당신을 머지않아 이곳으로 다시 데려와 줄 거다. 반대편 주차장을 향해 크릭을 다시 건너는 길에는 1디르함짜리 낭만 동동 배에 올라타야 한다. 낭만 없는 현실행이 아무 소용 없으니까. 늘 100퍼센트 꽉 채워 즐겨 왔던 나의 올드 타운이 200으로 거침없이 커지던 마법 같은 밤.

최초의 혼여행

오늘도 미래로 향해 가고 있는 두바이는 지리적인 이점과 더불어 여러 카테고리에서 허브의 역할을 해내고 있다. 관광, 무역, 테크놀로지를 넘어 이제는 아트까지. 분명 그 안에 살다 보면 불편한 점이 한두 개가 아닌 도시지만, 두바이는 무서운 속도로 무궁무진하게 성장 중이다. 허브인 두바이에 살다 보면 느낄 수 있는 베네핏 중의 하나는 뭐니 뭐니 해도 유럽 여행의 기회일 것이다. 한국에서는 꽤 멀어 마음먹기 힘든 것이 유럽행이라, 환승

역인 두바이에 살고 있는 동안은 시간과 재정적인 여유만 허락 하겠다는 낌새가 보이면 액션을 취하는 일이 쉬운 거다. 아랍에 마음 맞는 친구가 한 명 생긴다면 둘은 여행 메이트가 될 가능성이 크다. 며칠간 이어지는 큼직한 통역 일이라도 주어진다면 합격 통보를 받는 날부터 이미 머릿속은 여행 일정 루트를 짜고 있을지 모른다.

나 역시도 통역 일을 하다 만난 소중한 인연들이 있다. 그중 영국인 배우자를 두고 있는 한 언니는 한국을 들르는 만큼이나 해외여행을 자주 다닌다. 어느 여름날, 그녀는 시댁에 갈 겸 영국행이 잡혔다며 나에게 동행을 물었다. 전적인 동행은 아니고, 내가 혼자 런던을 여행하고 있으면 언니가 자유로운 날에 런던 시내 쪽으로 나와 함께 만나자는 부분 동행이었다. 이 기회를 잡아야 한다는 걸 난 직감적으로 알았다. 이런 식이 아니라면 내가 홀로 유럽 여행을 기획할 일이란 결코 없을 거란 걸, 나는 내 자신을 아니까. 몇 주 뒤, 런던으로 가는 비행기에 홀로 올라탄 나를 만났다. 스크린 속 피터 래빗과 함께 소꿉놀이하듯 기내식을 먹으면서 생애 처음 밟을 영국에 두려움 반 설렘 반으로 향해 가던 그 길을 아직도 생생히 기억한다. 아랍에서 가장 자주 오갔던 한국행이 열 시간인 걸 고려하면 워밍업 같은 그 비행시간은 오직 축복 같았다.

여행에서 돌아온 난 홍차와 스콘을 달고 살았다. 나를 옭아매는 어떤 끈도 없는 자유로운 그곳에서 나라는 사람은 도대체 무엇에 설레고 힘이 나는지를, 아무 이유 없이 하루를 채운다면 그건 어떤 모양인지를 선명히 보고 나니 도리어 단순해지는 나를 느꼈다. 난 그냥 솔직하게 '나로 살면 되겠구나' 싶었고. 해야 하는 일들로 가득한 일상에서 벗어나, 하고 싶은 일들을 독립적으로 계획해 찾아가고 밟아 보는 혼여행은 결국 내 삶은 내가 디자인하는 거구나 하는 묘한 용기와 자립심을 주었다. 그 런던 여행에서 날 위한 선물로 샀던 붉은 로퍼 뮬과 첫 마시모두티 원피스, 그리고 비비안 웨스트우드 클러치는 여태 나의 애착 아이템으로 자리 잡고 있다. 그들을 볼 때면, 명쾌했던 그날의 다짐과 나와 보냈던 시간이 떠올라 마음이 든든해진다.

기억을 비집고 들어가 찾아낸 내 최초의 혼여행은 김수로 왕릉이었다. 학년별로 달라지는 색깔의 명찰이 나의 아이덴티티 중 하나가 되곤 하던 어느 날, 담임 선생님께서는 조용히 날 부르시더니 시에서 백일장 대회가 열려 지원서를 넣을 생각인데 다녀올 수 있겠느냐 물으셨다. 좋아하는 담임 선생님의 추천인지라 난 순간 용기 내 고갤 끄덕이고는 생각이 많아졌다. 우쭐하면서도 왠지 난 진심으로 존경하는 그녀가 속고 있다는 기분을 면치 못했다. 얼마 전 교내 독후감 대회에서 수상을 했던 터라 어쩌면 당연한 기회였는지 모르지만, 내가 생각하기에 그것은 어쩌다 찍게 된 별똥별 사진처럼 얻어걸린 일이었기 때문이다.

다행히 시내 쪽에 있던 대회가 열린다는 그 왕릉에는 이미 친구들과 한두 번 버스를 타고 가 본 적이 있었다. 대회 날이던 일요일, 어색하게 혼자 버스에 올라 하차장에서 조금 걸으니 금세 왕릉 입구가 보였다. 북적이는 한 테이블에서는 커다란 종이를 나눠 주며 정해진 시간 안에 그 광활한 공간을 나의 글자만으로 채우는 것이 미션이라고 했다. 당시 주제가 무엇이었는지, 나는 무언가를 끄적이고는 온 것인지 기억나지 않는 일이다. 나무 밑 잔디밭 위 와글와글 모인 글쟁이들 사이에서 책상도 없이 한 폭의 글을 써 내려가기에는 난 한참을 예민한 아이였던 것이다. 미간을 살짝 찌푸려 봤을 때 기억나는 건, 떠오르는 담임 선생님 얼굴에 뭐라도 써야지 싶어 안간힘을 쓰다가 너무 민망하지 않을 정도의 시간을 겨우 넘기고 엉덩이를 털고 나오던 퇴장 길이다. 학교 안이었다면 난 결코 비장한 흉내를 내며 꾹꾹 눌러 시간을 보내고 앉아 있기를 택했을 거다. 하지만 아무도 나를 모르는 왕릉 위의 나는 자유로웠다. 연필을 지휘하며 숨 가쁘게 연주를 이어 가던 어린 예술가들 사이를 유유히 퇴장하고 난 시내로 나가 혼자만의 여행을 시작했다. 물론 대회 행사장을(어쩌면 일등으로) 걸어 나오는 길이 조금 씁쓸했을지 모른다. 하지만 그날은 나만 아는 비밀 이야기가 생겨 버린 위대한 날이라고 얼른 스스로 다독이며 그날을 마무리 지을 수 있었다.

버스에 홀로 올라타며 느꼈던 긴장감, 행사장에 도착해서 만난 낯섦과 당혹감(혹은 민망함) 그리고 늘 함께하던 친구들 없이 마주한 다운타운의 색다른 얼굴. 돌아온 나를 차분히 맞아 주던 익숙한 나의 동네. 살짝 쓰고 심심한 맛이었지만 혼자 거닐며 느꼈던 그 하루에 모든 것은 새로웠다. 내 안에는 몽글몽글한 공간 하나가 더 생긴다. 그건 짜릿함이었다. 그날 선생님께서 날 몰래 불러서 주신 건 골든 티켓이었다. 학급 대표라는 우월감 같은 것도 아니고 선택받은 기쁨도 아닌, 혼자

36

여행을 떠날 기회. 그 어린 날에 떠난 최초의 혼여행에서 난 이미 그 묵직한 감칠맛을 알아 버린 거였다.

두바이 근교 여름의 빌라

두바이에 가을이 오면 미치고 만다. 이는 순수
하게 맑고 쾌청한 가을 하늘이 예쁜 것도 있지만,
실은 기나길고 가혹한 두바이의 여름 때문이다.
그래서 이 도시를 오래 버티고 싶다면 여름엔 틈
틈이 근교 시원한 곳으로 여행을 떠나 주어야 한
다. 나의 연인 제임스와는 벌써 세 번의 두바이 여
름을 함께했다. 첫 번째 여름 우리가 향했던 곳이
바로 스리랑카였다. 당시 팔월 무렵의 난 너무나
도 쉼이 필요했고 자연이 고팠다. 그런 나를 위해

그는 여름 휴가지로 탄자니아의 잔지바르와 스리랑카의 우나와투나를 옵션으로 내밀었다. 그는 언제나 내게 필요한 것들을 함께 고민해 주고, 덥석 내밀곤 하는 데에 능한 이였다. 어느 날은 퇴근 후 함께 머리를 맞대고 앉아 스리랑카 남부 해안가의 숙소를 검색하는데, 우나와투나(Unawatuna)에 있는 웬 천국같이 생긴 빌라가 하나 떡하고 나오는 게 아닌가. 도깨비방망이처럼 휘둘려진 검색어는 스리랑카의 '요가 리트릿 숙소'. 너무나도 방대한 에어비앤비 세계를 뒤로하고서 요가를 좋아하는 날 위해 그가 구글 검색바에 졸졸이 얹은 단어들이었다. 그렇게 '짠' 하고 나타난 여름 빌라 하나에 우리의 스리랑카행은 순식간에 정해졌다.

응급실에 실려 가듯 녹초가 된 몸을 비행기에 싣고서 도착한 녹음이 쏟아지는 스리랑카. '설마 산속에 있는 건 아니지?' 생각이 여기까지 찰 때쯤 픽업 차량은 겨우 시동을 멈췄다. 안내를 받으며 눈앞에 빌라를 이곳저곳 한발 한발 밟아 보기 시작한다. 이곳 가장 아름다운 여름의 빌라로 와 버린 건가, 이런 곳을 찾아내다니 그는 내 옆에 두기에 너무 과분한 사람인 건 아닐까? 순간 진지한 고민에 잠겼다. 할 말을 잃고 흔들의자에 흐느적 기대앉아 하늘과 경계가 모호한 바다 끝에 시선을 갖다 댄다. 어제까지 나를 짓누르던 걱정이며 스트레스, 그게 다 뭐였지 하고 나에게 가만히 묻게 된다. 그제야 스르르 미소가 피어올랐다. 천국 같던 그 사진과 영상들도 결코 실제를 담지는 못하는 것이었다. 두바이에서 온 이 역시도 거대한 숨을 쉬는 자연의 정글 우나와투나의 품에 젖어 들기까지는 꼬박 하루의 버퍼링이 걸렸다.

당시 두바이 엑스포가 끝나고 코로나 직후의 스리랑카는 경기 침체를 겪고 있었고, 관광객들에게 성지였던 이곳은 텅텅 비어 있었다. 박물관 같은 이 커다란 빌라 역시 사흘 내내 우리가 유일한 게스트였다. 덕분에 둘만의 프라이빗 풀장이 된 커다랗고 울창한 수영장, 탁 트인 야외 샤워실, 방마다 고고하게 놓인 부다(Budha)상. 나무로 지어진 문을 열면 펼쳐지던 녹음과 바다, 아침 점심으로 친절한 현지 직원분들께서 차려 주시던 건강한 끼니. 어느 밤에 변기 위에 앉아 점잖은 이를 팔짝 놀라 소리치게 한 개구리, 다음 날 아침 그가 사라진 자리에 앙증맞게 앉아 인사를 건네던 달팽이, 제임스가 매일 찾던 원숭이. 순수한 천연의 꿀 같은 치유의 시간이 이어졌다.

반짝반짝 빛어 올려진 두바이의 등대 부르즈 칼리파도 아름답지만, 여전히 내 맘속 두바이의 단연 일등 보석은 알 파히디 지구의 올드 타운. 마찬가지로 스리랑카 우나와투나에도 갈(Galle)이라 불리는 구시가가 있었다. 추적추적 비가 내리던 여행의 첫날밤 저녁을 먹으러 들렀다가 그만 마음을 빼앗겨 곧바로 다음 해 질 녘 다시 찾아온 갈. 열심히 검색해서 찾아가는 맛집들도 좋지만, 아주 큰 동네가 아닌 갈은 여기저기 이끌리는 대로 골목들을 거닐다 호기심을 끄는 곳으로 모험을 떠나 봐도 좋을 낭만이 있는 곳이다. 여행지에서 이렇게나 마음에 드는 곳을 만나면 또 머지않아 떠나야 하는 여행자라는 사실이 서글퍼 이곳저곳 더 열심히 힘주어 발 도장을 찍게 된다.

스리랑카를 여행한 적 있는 친한 언니에게 이곳을 가게 됐단 소식을 전했을 때, 그녀는 내가 좋아할 수밖에 없는 곳이 우나와투나라 말하며 두 가지 미션을 우리에게 주었다. 첫 번째가 값싸고 싱싱한 로컬 해산물을 실컷 즐길 것, 그리고 두 번째는 반드시 스쿠터를 빌려 신나게 해안가를 달리고 오는 것이었다. 스쿠터라면 제주에서 딱 한 번 몰아 본 터라 굉장히 주저하다가, 여행 삼 일째가 되니 제법 두둑한 배짱이 생겨 어디 한번 해 볼까 싶어지는 거다. 대신 핸들은 한 사람에 하나씩, 함께 달리되 온전히 라이딩을 즐기기로. 여행지 자연 속에서의 액티비티는 이제 못 먹어도 고다. 새로운 자극들이 나를 깨우던 그 느낌은 언제 어디서든 다시 꺼내어 볼 수 있고, 그것들이 삶에 윤을 더해 줄 테니까. 탁 트인 해안 길 위 시원한 바람과 기분 좋은 햇살, 터지는 샴페인처럼 부서지는 파도. 달리는 스쿠터 위에서 담았던 그날의 스리랑카 남부 해변은 눈만 감아도 다시 생생히 쏟아져 느껴진다. 언니가 내게 알려 주고 싶었던 것도 이런 마법이겠지.

너를 만나야 하는 운명

"지하철역에 서서 이렇게 주욱 마을 이름들을 보고는 마음에 드는 곳을 콕 찍어요. 그렇게 여행이 시작되곤 해요."

아랍에미리트의 두바이는 알지만 정작 수도인 아부다비는 모른다는 대답이 돌아오던 게 보통이던 시절이 있었다. 제주에서 작고 예쁜 것들로 충만한 게스트 하우스를 운영하는 그녀는 아부다비라는 이름이 두바이보다 예쁘다며 그곳을 더 궁금해했다. 난데없이 그녀의 말이 떠오른 건 무스카

47

트가 가진 그 매력적인 이름에 휩쓸려 여행이 시작되려 하던 참이었다. 어느 와인밭의 이름 같기도, 한 치명적인 초콜릿의 이름 같기도 한 무스카트는 다름 아닌 오만의 수도. 직장인에서 여행자로의 신분 변경으로 또 한 번 내 아랍 비자의 수명이 다하던 날, 바로 그다음 날이 제임스의 생일이란 건 운명이라 할 수밖에는 없었다. 그저 비자런을 하러 국경을 스치는 것이 아니라, 오만과 만나야 하는 운명. 무스카트에 하루를 포옥 잠겨 봐야 하는 그런 벅찬 운명. 옆 동네 같은 곳을 비행기표를 끊고 가 공항서 짐을 싣고 내리기도 귀찮았던 우리는 다른 특별한 방법으로 무스카트를 즐길 방법을 생각해 보게 됐다. 왜 무모한 도전은 늘 마음을 끄는 것인지. 아침 일찍이 주문해 둔 제임스의 생일 풍선이 도착했고, 우린 그의 잘생긴 지프에 단단히 짐을 싣고서 껑충 올라탔다. 그렇게 무스카트까지 차를 타고서 달리는 우리의 운명적인 로드 트립은 시작됐다.

두바이에서 하타로, 그리고 오만으로 빠지는 보더를 지나 말 그대로 다섯 시간을 내리 달리니 우리는 무스카트의 입구에 닿아 있었다. 황량한 사막 도로 위 댄스 타임을 실컷 갖고서 두 편의 인생을 쓸어 내려갔다 다시 와도 우주처럼 낯던 시간. 황당하지만 둘 중 누구도 휴대폰 로밍 같은 건 해오지 않아 데이터를 쓸 수 없다는 걸 깨달았을 때, 마침 머리 위로 보이는 표지판에 커다란 몰 이름이 보였다. 그곳의 와이파이라도 주워 써야 숙소에 닿을 수 있었던 거다. 마치 옆 도시처럼 가까운 옆 나라로 가는 여행에는 이렇게 우습고도 당혹스러운 해프닝이 생길 수 있다. 해가 질 무렵 숙소에 닿으니 눈앞에 펼쳐지는 무스카트의 노을경. 정숙한 어둠이 깔려 오는 하늘 위, 분홍에서 주홍물로 번져 가는 그 광경을 보고 있자니 지난 다섯 시간이 다 사르르 녹아내리는 것만 같다(적어도 보조석을 맡았던 내겐 그랬다). 엉덩이가 아팠을 짐들을 배정받은 객실에 후다닥 풀어주고, 우린 얼른 해가 지는 포트로 나가 남은 오늘을 즐겨야 했다.

　오만을 가득 담은 이 층의 한 로컬 음식점에서 즐기는 저녁 식사. 호롱호롱 한 램프들과 양탄자들이 놓인 그곳은 마치 두바이 데이라 올드 타운에서 좀 더 깊숙한 곳을 들어와 버린 듯한 느낌을 주었다. 까만 식당 안을 수놓은 명랑하고도 이국적인 불빛들 속에서, 조금 전 위대한 일을 해내고 주욱 난을 찢어 야무지게 카레를 찍어 먹던 제임스의 모습이 선명하다. 난 늘 그의 체력에 감탄하는, 그에 비하면 방전이 잦은 하찮은 이였던 것이다. 무스카트에서의 첫날이 아쉽지 않도록 서둘러 걸음을 옮겨 수크며 부둣가, 이어지는 골목들을 밟아 보는 밤. 울렁이는 불빛만이 가득한 무스카트를 느끼느라 밤이 뿌옇게 가득 찼다. 숙소로 돌아가 반신욕을 마치고 누우니 천국처럼 펼쳐지던 바닷소리, 그 곁에 둘러앉아 잠을 잊고 속닥이는 이들의 목소리가 우리의 낮고 커다란 이 층 창을 간질이며 들려온다. 동화 같은 밤의 해변에서 그

50

들은 과연 어떤 이야기들을 풀어내고 있는 걸까? 이미 곯아떨어진 둘은 답할 수 없었다.

힘찬 새로운 해가 떠오른 다음 날은 제임스의 생일이었다. 사실 여행 직전 날까지 어마어마한 중동 스케일의 테크놀로지 전시회인 자이텍스(Gitex)에서 한 주를 통째로 통역하는 데 쓰느라 따로 여행 준비를 많이 못 한 게 사실이다. 그래도 왕복 열 시간을 운전할 생일자를 위해서 그 하나만큼은 내가 해냈으면 했던 것이 괜찮은 숙소 물색. 사진 속 나타난 그 모습에서 왠지 모르게 우리가 좋아하는 감독의 영화 〈그랜드 부다페스트 호텔〉이 보였다. 그렇게 고민 없이 선택하게 됐던 무스카트의 그랜드 하얏트. 이건 호텔에서 일하던 시절 이후 생긴 버릇인데, 생일 때문에 호텔을 예약할 경우 필히 생일자가 묵을 객실이라는 정보를 남기는 거다. 대부분의 호텔 체인에서는 생일인 고객들을 위해 제공하는 무료 케이크들이 준비되어 있기 때문이다. 덕분에 지난밤 숙소로 돌아왔을 땐 객실로 다정한 생일 케이크가 하나 도착해 있었다. 특히나 낯선 외국에 있을 때는 예쁜 디저트 가게까지 몰래 들러 준비할 수 없으니 이렇게 든든한 조력자의 힘을 빌리는 거다. 자고로 사랑하는 이의 생일은 소문내야 하는 법이기도 하니까. 부지런히 일어나 조식을 즐긴 후에 호텔 앞 바닷가 산책을 마치고 돌아와, 체크아웃까지 우린 테라스에 앉아 그의 생일 케이크를 후식으로 들었다. 사랑받는 기쁨을 알라고 나의 생일이란 것이 있다면, 주는 기쁨을 배우라고 그의 생일이 있는 것일 거다. 유리창으로 비치는 두 사람은 마치 휘날리는 기쁨의 깃발처럼 행복해 보였다.

지난밤 별빛 아래 빛나는 성 하나가 보여 들렀다가 안타깝게도 현금이 없어 오르지 못하고 오늘 다시 찾아온 무트라 포트(Mutrah Fort). 시월이라 제법 선선해진 중동이지만, 정상까지 오르기엔 아직 땀이 뻘뻘 나게 더운 날이었다. 오르는 데 단 오 분 정도의 짧은 거리로 일단 올랐다 하면 무스카트의 시내를 한눈에 담을 수 있어서 마다할 수 없는 것이 지역의 요새. 그곳에 오르니 이국적인 돌산 속에 포옥 잠긴 낮은 건물들로, 한껏 개발된 두바이와는 다른 매력의 무스카트가 보인다. 같은 중동 안이라 아주 다른 세상의 느낌을 받기는 어려울지 모르지만 분명 이곳엔 우아하고 정갈한 한 폭의 동화 같은 미가 자리 잡고 있었다. 오만은 아름다운 바닷속 때문에 스노클링, 스쿠버다이빙으로도 유명하다. 우린 해가 저물기 전에 두바이로 또 다섯 시간을 달려야 했기 때문에, 해안가를 따라 드라이브를 즐기다 투명한 바다를 둘러싼 시원한 바에서 시간을 보내는 걸로 여행을 마무리 짓기로 했다. 한국에 살 땐 기약 없지만 곧 만나자는 약속을 자주 하곤 했다. 두바이에서는 언제가 될지 모르지만 다시 돌아오겠다는 약속을 자주 하곤 한다. 아쉽지만 남겨 둔 스노클링을 하러 다시 찾아오겠노라고 우린 또 약속을 고한다. 언제일지 모르지만, 또다시 한바탕 우리를 살아가게 할 힘

찬 그 다짐을.

함께 하는 여행이란, 함께라는 그 사실이 팔 할을 먹고 가는 행위가 아닌가 생각해 본다. 하늘을 가로지르건 도로 위를 달리건, 바다로 가건 숲을 향해 가건, 결국 여행의 주제는 우리가 되고 기억 속 남는 것도 이국적인 배경 위로 떠오르는 우리 두 사람. 왕복 열 시간의 로드 트립, 이게 가능할까 싶었지만 제임스와 난 결국 이 일을 해내고 말았다. 날 위해 도로 위 열 시간을 마다치 않는 소중한 이의 생일을 처음 만난 무스카트에서 보낼 수 있어 특별했다고. 결코 혼자서는 어림도 없었을 두바이살이인 것이다. 구직자 시절에는 매번 면접이 잡힐 때마다, 직장인 시절엔 교통 체증으로 악명 높은 두바이의 출퇴근 길마다, 언제든 마다치 않고 날 싣고 도로 위를 달려 준 나의 제임스에게 다시 한번 진한 감사의 인사를 전한다.

중동에 스위스 한 스푼 얹으면

대학원을 다니던 시절부터 만난 현지 친구들은
살랄라(Salalah)를 마치 노래처럼 읊어 댔다. 아
랍에 살면서 아직도 살랄라를 모른다며 그들은 나
를 놀라워했다. 그럴 때면 나를 이렇게나 작게 만
드는 살랄라란 무엇이란 말인가, 적당히 바다와
듬성듬성 풀들이 붙은 아랍 안의 어딘가가 아닐
터냐, 하며 미지근하게 미지의 그곳을 그려 보곤
했다. 물론 알 아인의 오아시스 같은 특수한 지역
도 있지만, 아랍 안에 풀과 물이 풍성한 휴양지란

상상하기 힘든 것이었다. 두바이 직장인 생활이 시작되고부터 늘 쫓기듯 부족한 아침 시간과 제한된 휴가 일수로 내 마음은 사막처럼 말라 가고 있었다. 그러던 중 이드 휴가(EID Holidays)를 데리고 팔월이 찾아왔다. 아랍은 며칠간 이어지는 이 국경일이 일 년 안에 몇 차례가 있어서 아랍으로 해외 취업을 꿈꾸는 이들에게 이는 큰 베네핏이기도 하다. 이드가 주말과 어우러져 아름답게 떨어질 때는 길게 십 일까지도 쉴 수 있기 때문이다. 나 역시 이 이드를 기다리는 맛으로 직장인 시절을 버텼던 게 사실이다. 아쉽게도 그해 팔월의 이드는 사 일 정도로 그쳐, 쓸 수 있는 휴가 총알도 없던 내가 어디 먼 곳을 다녀오기에는 틀려 버린 해였다. 그때 생각난 것이 살랄라였다. 시차마저 없는 가까운 곳으로 여행을 가면 우선 체력적으로 시간을 벌 수 있을 테니까. 마침 살랄라도 유월부터 구월까지 이어지는 카레프(Khareef)라 불리는 장마철이라 시원한 바람과 비, 그리고 푸른 초원을 한 번에 만끽할 수 있다고 했다. 무더운 두바이의 여름에는 초록이 절실한 법이었고, 오랜 두바이 생활 중인 제임스 역시도 주구장창 듣기만 했지 살랄라는 밟아 본 적이 없던 터. 아랍에 사는 지금이 아니고서야 언제 하는 마음 하나로 대동단결 된 우리의 살랄라 여행은 그렇게 막이 올랐다.

광활하게 펼쳐진 잔디밭 위로 사람들은 돗자리를 깔고서 옹기종기 앉아 있다. 그것이 바다 곁이든, 안개 낀 산 중턱이든 그들은 개의치 않았다. 마치 오직 중요한 건 자연이 주는 저 절경 하나뿐, 주어진 이 계절을 부지런히 즐겨 내야 하는 특명을 받든 사람들처럼. 아이들은 차의 지붕 위로 얼굴을 내밀고 쏟아지는 바람결을 맞으며 드라이브를 즐기고, 어른들은 아주 능숙하고 자연스럽게 트렁크에서 돗자리며 담요며 접이식 의자를 꺼내 가져온 음식들을 그 위로 펼쳐 놓는다. 그들 위로 그어진 전깃줄마다 허수아비처럼 길을 잃고 쓰러진 연들이 여기저기 걸려 있다. 맑은 초록산과 들, 바다

가 있고, 그 사이로 거친 폭포와 계곡, 시냇물이 졸
졸 흐르는 이곳. 여기가 바로 오만 살랄라다.

왠지 흥이 나질 않아 혼란스럽던 이틀이 지나고 어느덧 셋째 날. 차로 굽이진 좁은 길을 한참 오르고 내리고 반복하고 나니 안개들이 걷히면서 눈앞에 이국적인 초원이 펼쳐진다. 잘 갈라진 바위들 위로는 여러 마리의 낙타 떼가 곳곳에 올라 마치 피리를 불듯 서 있었다. 그 모습은 마치 팔월 호 표지를 장식한 한 폭의 신비로운 화보만 같았다. 그리고 이어 쾅 하고 나타난 대자연의 크고 거친 바다, 파야자 해변(Fayazah Beach). 기나긴 여름으로부터 쌓인 갈증 때문인지 탁 트인 대양을 보자니 마치 그간 서러웠던 마음이 거칠게 울어 대는 듯이 갈기갈기 열렸다. 세상 가장 서럽게, 또 세상 가장 시원하게. 한참을 거대한 바다의 소리를 들으며 두려움이란 없는 파도의 춤을 보고 있으니, 이 시원함은 내 피부에 닿는 파도인지 뻥 뚫려 버린 내 속인지 알 수 없었다. 이 바다를 만나러 내가 여기까지 와 있는 거구나. 오직 그 하나만은 그 순간 또렷하던 것이다.

모든 체중을 훑어 버리고 나니 허기가 졌다. 고 대해 온 다음 숙소로 향하던 길, 고소한 냄새를 풍기며 이런저런 구이들을 파는 간이 포장마차들이 모여 있는 언덕에 다시 닿았다. 이 순간을 위해 제임스는 지난밤 근처 ATM에 들러 현금까지 뽑아둔 것이다. 치즈 빵이며 옥수수 콘을 귀엽게 집어든 나보다 훨씬 대범하고 거침없는 그는 이런저런 고기 꼬치들을 사 들고서 맛보기 시작했다. 그가 맛있게 먹는 걸 확인하고 난 몇 덩이를 같이 곁들여 보기로 한다. 아랍에는 아직 내가 모르는 맛이라는 게 남아 있었던 것이다. 얼마 만인지, 입안을 감도는 새로운 풍미를 알고 나니 심장이 다 콩콩거렸다. 스트릿 푸드의 마무리는 누가 뭐래도 컵라면이어야 했다. 삼차 사차로 이어지는 알알이 맛있는 것들을 입에 넣으며 두둥실 하늘에 떠 있는 연들을 보고 있자니 어린 시절 동화 속으로 슬쩍 걸어 들어온 느낌이다. 언제인지 알 수 없지만, 반드시 일어난 일인지도 알 수 없는 일이지만, 꼭 이런 동화가 펼쳐지고 있어야 할 것만 같은 어여쁜 어린 시절의 어느 날 말이다. 눈과 입이 즐겁고 몸과 마음은 자유로운, 여행의 묘미란 게 참 이런 거지. 커다란 바다와 맛있는 것들 있으면 치유되지 못할 일이란 없다고.

살랄라가 우리에게 준 것은 또 한 가지, 둘 다 아랍에서 처음 해 본 글램핑이었다. 사실 옆 동네 하타에만 가도 글램핑을 쉽게 접할 수 있고 사막에 텐트를 가져가 일박하면 그만한 게 없는 두바이 생활이지만 살랄라에서의 글램핑은 또 다를 것만 같은 것이라. 그곳을 향해 비탈길을 차로 오르고 또 오르니 안개가 고고이 깔린 성지가 하나 나왔다. 우리의 목적지였던 숙소에서 함께 운영하는 그 카페는 마침 산 중턱의 유명 포인트라 오가며 들르는 차들로, 사람들로 이미 꽤 바쁘게 우리를 기다리고 있었다. 안쪽으로 조용히 줄지어 자리 잡고 있던 여섯 개 정도의 돔 텐트들. 여름이고 장마철인지라 벌레가 많아 힘들었지만, 금세 생기고 또 사라지는 안개 사이로 보이는 폭포와 빗소리로 마치 산신령이 돼 버린 듯한 그 오묘한 느낌은 또 살랄라의 팔월이라 가능했던 경험이리라. 기억 속 스위스 플리트비체의 호수에서 처음이자 유일하게 보았던 맑은 에메랄드 빛깔이 있었는데, 그걸 살랄라의 폭포 아래에서 다시 보게 될 줄은 생각지 못한 일이었다. 드디어 옅은 베일에 가려져 있던 살랄라의 형체가 또렷이 걸어 나와 나를 마주한 순간이었다.

살랄라의 정체를 실제로 만나 봐야 했던 건 나의 운명 같은 거였다. 그 오랜 친구들을 다시 만난다면 이제 난 힘을 빼고 말할 수 있겠지. 네가 말한 그곳엘 다녀왔노라고. 네가 말한 것처럼 그곳은 푸르고 아름다웠노라고. 그곳에서 난 너희를 떠올렸는데, 내 생각을 너희들도 가끔 하느냐고.

사막의 시간은 마법처럼 간다

  엑스포 덕분에 두바이로 다시 나와 맞았던 새
해. 그날 두바이에는 비가 내리고 있었다. 한국관
내에 퍼진 코로나 때문에 엑스포 군단들은 급히
배정된 임시 숙소로 뿔뿔이 흩어져 새해를 맞이하
게 된다. 난 부르즈 칼리파가 한눈에 보이는 한 한
인 민박집에서 매끼 정성 담긴 한식을 받아먹으며
숨죽여 행복한 비명을 지르고 있었다. 너무나도
간절했던 혼자만의 시간이었다. 그 비가 축복이라
며 올해는 대박이 날 거라고 민박집 사장님께서

주셨던 말씀을 난 꽉 잡아 믿었다. 엑스포가 막이 내리고, 한두 명을 제외한 모든 멤버들이 다시 한국으로 무사히 귀국했다. 나는 그 한두 명 중 하나가 되어 두바이에 남게 됐다. 아부다비에는 아랍 안에서 반짝이는 별들을 가장 잘 볼 수 있다는 유명한 스폿(Milkyway Spot)이 한 곳 있다. 연말 분위기가 돌 무렵에 그곳에 대해 엑스포 전사들과 얘기를 나눴던 적이 있었다. 우리는 몇 안 되는 운전 가능한 친구들과 휴무를 맞추기 어려운 스케줄 근무를 뛰고 있었고, 그 별 사막은 엑스포장에서도 꽤 멀었기에 도무지 가 볼 엄두를 내지 못하고 그만 포기해야 했었지만. 돌아온 연말, 시름시름 까만 하늘처럼 앓던 나를 가장 빛나는 그곳은 부르고 있었다. 이번 새해는 사막에서 맞이하자는 말이 나오자, 머릿속에 그곳만이 말똥히 떠올랐던 것이다.

움직이지 않으면 아무 일도 생기지 않는다던 아인슈타인의 말을 실감한 연말이었다. 올해도 축복이라는 비가 며칠째 내리고 있었지만, 독감 때문에 꼼짝을 못 해 본의 아니게 나의 연말은 정적으로 흘러가고 있었다. 내게는 에너지를 지피는 연료가 몇 가지 있는데, 첫 번째가 요가, 두 번째가 책, 그리고 마지막은 신나는 음악에 맞춰 혼자 추는 무아지경 댄스다. 자유로운 육체의 움직임과 무언가를 느껴 낸 이들이 활자를 동원해 나를 이끄는 손안에 펼쳐지는 우주. 낮은 에너지의 양자가 높은 에너지로 껑충 이동하는 현상을 '퀀텀 점프'라고 한다. 이 좋은 걸 왜 진작 해 보지 않은 건가! 하고 느낄 때마다 난 그것을 체험하곤 한다. 올망졸망한 별들이 내 눈 위로 뛰어내릴 것만 같은 사막의 밤, 일렁이는 빛들을 업고서 타오르는 묵직한 모닥불을 몇 시간이고 바라보고 앉았다. 믿기에도 어려운 그 경이로움을 고작 사막의 밤이라는 네 글자로 눌러 담으려면 도대체 어떤 방법들을 동원해야 할는지 고민하듯이. 이렇게나 좋은 걸, 우린 왜 이제야 이곳에 온 건가.

캠핑은 장비발이라 전해 오는 그 말은 진실이었다. 십팔 년째 두바이살이 중인 제임스는 사막 캠핑만 해도 몇십 번째라 그동안 모은 우수한 장비들은 물론, 알고 보니 뭐든 뚝딱 만들어 버리는 양성된 달인이었다. 시작은 와인, 마트에서 사 온 꼬치들과 스테이크를 그릴에 차례로 구워 먹으니 이곳은 세상 어디에도 없을 우리만의 근사한 레스토랑이 된다. 적당히 불다 고요히 멈춘 바람, 어딜 가든 머리 위에서 은은한 그림자를 만들어 주는 별빛, 그리고 귀엽게 노을 곁을 머물다 사라진 구름 덕분에 뽀얗고 맑게 닦인 별하늘. 제임스는 여태 다닌 캠핑 중에 오늘 밤하늘을 최고로 꼽았고 난 그를 의심할 이유가 없었다.

사막에서의 시간은 마법처럼 흘렀다. 방금 돌아와 그릴을 굽다가도 내가 본 것이 사실인가 싶어 다시 한번 석양 한 스푼이 남은 모래언덕을 오르내리고, 잊을 만하면 때는 다시 와 부지런히 볼일 보러 쫓아다니느라 저녁 시간은 꽤 바빴다. 우

71

아한 공기가 감도는 사막 야외에서 먹는 음식들로 즐겁다고 말하는 혀의 소리가 들려오고, 그릴에 장작 채워 만든 캠프파이어에 후식으로 굽는 달콤한 마시멜로와 와인의 합은 묵직한 돌고래 소리를 불러냈다. 흥이 오른 디제이가 얌전히 음악을 높이자, 아무도 보지 않는 둘만의 무아지경의 댄스타임이 시작된다. 흥과 그루브만 남기고 모든 감정이 거치적거리는 외투처럼 벗겨져 나갔다. 공기 반 웃음소리 반, 헉헉거리는 숨을 다 가다듬고 나니 오늘 밤을 만들어 준 별님들이 진실의 눈을 맞추자고 우릴 기다리고 있었다. 한 사람은 쏟아지는 까만 하늘 속 빛에, 또 한 사람은 탁탁 소리 내며 리듬 속 타오르는 불빛에 멍하게 잠겼다. 아무런 말도 필요하지 않았다.

새해를 맞이하던 까만 밤. 사랑하는 이 도시는 우리에게 사막을 주었고, 이 세상에 사막보다 완벽한 곳은 없었으며, 우주에는 우리 둘만이 존재했다.

2장

금빛 크릭을

만나

풍
덩

날아든 나비

호롱 호롱 숨 쉬는 불빛, 도시적인 반듯함 사이로 넘실대는 라이브 보컬의 흥과 여유. 어떻게들 알고 이렇게나 정성 들여 차려입고 모여 앉은 사람들. 통역 행사로 몇 번 와 본 적이 있는, 크리에이티브한 공기가 흐르는 동네 DIFC에 있는 이 호텔은 들어서는 입구부터 세련된 뉴욕의 어딘가가 떠오르는 곳이다. 장소마다 불러일으키는 이야기가 있다. 당시 어떤 구간을 지나던 중이었는지, 그날 각자의 품속엔 어떤 음악이 흐르고 있었는지,

생생히도 우리의 첫 만남을 다시 속삭이게 만들던 더 리츠칼튼의 한 레스토랑.

그는 당시 일에 취해 있었다. 코로나로 잘 다니던 직장을 잃고, 덕분에 마음 맞는 동료 둘과 함께 그들만의 회사를 만들었다. 한창 사업 초창기라 그는 취해야만 했으리라. 그는 그가 하는 일을 맹렬히 사랑했다. 올인밖에 할 줄 모르는 그는 몇 달 전 한바탕 연애를 끝내고 휴식기를 갖던 중이기도 했다. 밤낮을 잊은 채 정신없이 일하고, 주말엔 혼자만의 귀한 시간을 만끽하는 만족스러운 하루하루가 이어지고 있었다. 어느 날엔 데이트 앱을 통해 매칭된 한 귀여운 아시안 여인을 보았지만, 짧게 인사를 나누고는 그녀를 잊었다. 그랬던 그녀가 왜 몇 주 후 번뜩이며 떠올랐던 건지. 그는 그녀의 프로필에 걸려 있는 인스타그램 계정을 찾아가 그녀의 일상을 하나하나 감상하기 시작한다. 순간 그녀를 놓치면 아주 아쉬울 거란 생각이 든 그는 그녀에게 메시지를 보내기로 했다.

그녀는 엑스포가 마지막 한 달 남았다는 사실에 머리끝부터 발끝까지 깊게 진동하는 전율을 느끼고 있었다. 단 육 개월짜리 이벤트성 직무라 재밌을 거라는 어렴풋이 달고 온 생각은 이미 싸늘하게 식은 지 오래였다. 두바이엘 다시 갈 수 있다면 무엇이든 할 수 있다던 그녀는 굳이 이렇게까지 다시 온 이유를 호되게 따져 물을 만큼 스스로를 책망하고 있었다. 무서운 두바이의 더위에도 뻥 뚫린 채 설계돼 세계의 관광객들을 받아 내던 한국관에서는 하루에도 몇 명씩 방문객들이 쓰러지는 일이 발생하고 있었다. 한국관의 낙타가 된 그녀와 어린 대학생 친구들은 오죽했을까. 그 생활이 한 달이 지나면 끝이라니. 자유의 몸을 얻고 다시는 두바이를 볼 수 없다고 생각하니, 신기하게도 그녀는 세상 가볍고 호기로운 나비 한 마리가 되어 버리는 것이었다. 그녀는 열심히 다시는 갈 수 없는 곳들을 밟았고 다시는 볼 수 없는 이들과 만났다. 하루는 인스타 디엠으로 눈에 익은 한 휜

칠한 서양인이 말을 걸어왔다. 평소 같았으면 둘
러대다 말았을 휴무 날 한잔하자는 제안을 그녀는
덜컥 수락해 버린다.

그때 우리가 처음 만났던 호텔 안 직사각형 수
영장을 낀 그 레스토랑은 오늘 이곳과 같은 바이
브를 지니고 있었다. 너무나도 근사해서 긴장감
을 부풀리는. 공간을 신중히 밝히는 불빛들로 그
의 눈동자가 유난히 더 깊이 빛나던 그날로. 난 그
의 취향을 보고 싶어 그가 자주 가는 단골집으로
날 데려가 달라고 말했던 거였고, 마치 잘 짜인 영
화처럼 그 첫날부터 그의 취향에 녹아들기 시작했
다. 때로, 관계학에 있어 브랜드라는 것은 사람을
알기 전 서로를 알아볼 수 있게 하는 사인 같은 역
할을 한다. 하필이면 두바이의 그 흔한 벤츠도 아
우디도 아닌, 네모나게 딱 떨어진 지프를 끌고서
엑스포 숙소에 날 구하러, 아니 날 데리러 온 그를
난 이미 알아본 건지도 모르겠다.

제임스와 나는 그렇게 만났다. '둘은 어떻게 만

났어요?' 하는, 커플이라면 피할 수 없는 그 공식 질문에 그는 우리가 만난 데이트 앱의 이름을 거리낌 없이 말한다. 나 역시 앱의 이름을 말하지만 내가 말하는 건 두 글자가 아닌 다섯 글자다. 그나마 소셜 앱에는 사람들의 선입견이 덜할 거로 생각한 모양인지. 당연히 엑스포 이야기를 잘 버무려 엮는 것도 잊지 않는다. 그저 문화 차이일지도 모르지만 자기의 감정에 솔직하고 숨길 것 없는 그가 난 늘 부럽다. 그렇게 엑스포가 끝이 났고, 난 한국행 티켓을 포기하고서 그와 두바이에 남기를 택했다. 그의 반듯한 공간에 정신없이 날갯짓을 연습하던 내가 날아든 것이다.

두바이 가을시 황홀동

기나긴 여름을 이겨 낸 용사들이 노을 아래 춤추고 노래 부르는 계절, 두바이의 환상 가을이 여기에. 두바이에는 화려한 호텔들이 많지만, 내게 가장 좋아하는 호텔이 어디냐고 물으면 난 주저하지 않고 파크 하얏트를 꼽는다. 크릭 너머 두바이 속 유럽을 만날 수 있는 것도 이유지만, 나에게는 그보다도 더 소중한 추억이 있는 곳이기 때문에.

　우리가 COVID 19라는 단어를 모르던 시절, 난 두바이의 한 영국 대학원에서 마지막 학기를 마무리 지으며 주얼리 취재와 비즈니스 통역 알바를 골고루 뛰어다니고 있었다. 세계 시장에 한국 제품들을 소개하고, 글로벌 바이어들과 한국 기업을 잇는 전시 통역은 내게 전율을 주곤 했다. 두바이에 살다 보면 통역의 기회가 자주 온다. 자신 없어 두려움에 떨던 첫 경험, 그 바짝 긴장되는 시간을 넘기고 나면 비로소 비즈니스를 넘어 두 국가를 잇는 영광을 맛볼 수 있는 문이 열린다. 사흘을 이어 진행되는 중동 최대의 웰니스 전시인 아랍

헬스(Arab Health)에 처음 통역원으로 참여했던 2019년. 운 좋게도 통역을 담당하게 된 기업은 국내 스타트업으로 기업 분들의 나이대도 나와 또래였다. 한국에 있는 친구에게 내가 맡게 될 제품에 관해 설명했더니 한국에서는 이미 인기템이라며 흥을 더해 주어서, 마침 한국에서 막 사업을 시작한 가까웠던 오라버니도 생각이 나 나도 모르게 그만 몇 배로 열성을 싣고 만다. 전시 기간에 부스를 방문한 한 현지 대표와 따로 잡힌 기업 분들의 추가 미팅 통역은 흥미와 보람을 고조시켰다. 어느새 길어 보였던 전시 기간은 쏜살같이 가 있었고, 슬슬 올라오는 몸살기가 느껴졌지만 내겐 귀한 인연과 두둑한 통역비가 달러로 주어졌다.

누구에게나 살아 있음을 느낀다는 표현이 피부로 직접 와닿은 경험들이 있을 거다. 난 세계 무대에서 한국을 알리던 그때, 눈앞에서 나로 인해 두 세계가 이어지던 장면을 목격하던 그날, 생애 가장 짜릿한 그 성취감을 맛본 것 같다. 육체가 국경을 넘으니 정신마저 자유로워지는 건지, 용기를 내기에 이보다 더한 타이밍이 없단 걸 눈치껏 알아차려 버린 건지. 그렇게 두바이는 익숙한 껍데기 속, 일상에 묻혀 살던 소라게인 나를 한방에 세상 밖으로 꺼내 주었다.

며칠 후 나의 생일이 다가오고 있었다. 기분 좋게 번 그 돈으로 난 또다시 해 본 적 없는 생애 처음인 일을 저질러 보고 싶어졌다. 생일이란 사실은 숨기고 이웃 도시 아부다비에 사는 아끼는 언니와 동생을 두바이로 초대했다. 파티 플래너가 되어 직접 크리에이티브 마인드(Creative Minds)에 들러 준비한 헬륨 풍선들을 싣고 호텔로 향하던 아침. 분홍빛으로 물든 진주알 같은 그들을 뒷좌석 가득 채워 크릭을 넘던 그날을 난 아직도 잊지 못한다. 마치 도로 위 모든 이의 시선이 나의 진주알들을 향해 있고, 난 세상 가장 로맨티스트가 된 듯한 그 기분. 생애 처음으로 날 위한 이벤트를 열었던 그곳이 바로 두바이 크릭

(Dubai Creek)*의 파크 하얏트였다. 끊임없이 새로운 카페와 레스토랑들이 생겨나고 여기저기 화려한 공간들로 즐비한 두바이지만 특별한 추억이 깃든 장소만큼이나 소중한 것이 두바이에 또 있을까.

삐걱거리던 주말, 나의 연인은 토라진 나를 결국 여기로 데려다 놓았다. 펼쳐진 두바이 크릭을 내다보며 넉넉한 섬처럼 서 있는 이곳으로. 비록 금능 바다색을 입고서 나를 이끌었던 기억 속 그 풀장은 조금 변해 있었지만, 특유의 기분 좋은 넉넉한 여유로움은 여전히 이곳을 가득 흐르고 있었다. 마치 자유를 입은 하얀 새들의 둥지처럼 생긴 바에 올라앉아 좋아하는 초밥에 망고 디저트까지 단숨에 해치우고서 행복에 젖은 사람들을 바라보며 앉았다. 지는 태양을 향해 손을 뻗으며 춤추는 그들은 바라

_____

*두바이 크릭(Dubai Creek)은 두바이의 역사와 문화를 상징하는 주요 수로로, 도시를 데이라(Deira)와 버 두바이(Bur Dubai)로 나누는 자연 항구 역할을 한다. 예전부터 무역의 중심지로 활용되었고, 지금도 전통 목조 배인 아브라(Abra)를 타고 이동하거나 크릭 주변의 수크(Souk) 시장을 둘러볼 수 있어 관광객들에게 인기가 많다. – ChatGPT

보는 이마저 감염되게 했다. 노을이 꺼지는 순간까지 지그시 기다렸다가 밤 산책을 가려 일어서는 우리에게 직원분은 물었다. 분위기는 이제 시작인데, 떠나겠다고요? 우린 웃으며 답했다.

"그건 다음을 위해 남겨둘게요. 훌륭한 곳에서는 가을을 조금 더 길게, 오래 즐기려고요."

EARTH without ART is just EH

두바이의 아트 러버라면 작품들을 만나러 옆 도시인 아부다비와 샤르자는 물론, 라스 알 카이마까지도 훌쩍 넘나들 수 있다. 새해가 시작되고 무더운 여름의 시작을 알리는 라마단이 오기 전까지가 아랍의 아트 행사 시즌. 그 시작을 알리는 종소리는 라스 알 카이마에서부터 울려 퍼진다. 그 바통을 이어받아 두바이는 시카 페스티벌(Sikka Art & Design Festival)과 아트 두바이(Art Dubai) 등 큼직한 아트 축제를 열고서 세계인들을 맞는다. 하루빨리 알수록 좋은 것이 고즈넉한 옛것이 그대로 남아 있는 도시의 헤리티지 마을에서 열리는 감각적인 예술 행사들이 아닐까. 세계 최고의 휘황찬란한 것들로 무장한 두바이지만, 사실 지역의 영혼이 담긴 옛것들이 주는 안정감만 한 것은 또 어디에도 없기에. 그런 의미에서 두바이 시카 페스티벌은 내가 단연 가장 사랑하는 지역의 아트 축제다.

이웃 도시인 라스 알 카이마의 헤리티지 마을에서도 매해 열리고 있는 예술 축제가 있었다. 두바이에 살게 된다면 숙명일지 모르나, 유독 푸른 자연이 그리웠던 해에 운명처럼 내게 온 이 축제의 주제는 바로 자연(Nature)이었다. 더욱 특별했던 것은 그해 처음으로 한국관이 전시에 참여해 아랍의 보물 밭에서 한국 작가님들의 작품을 함께 만나 볼 수 있었다는 거였다. 라스 알 카이마 파인 아트 페스티벌(일명 RAK Fine Arts Festival)은 비영리 커뮤니티 행사로 미술은 물론 사진, 영상, 시 등 로컬 아티스트 및 지역의 다국적 아티스트분들의 다채로운 작품들을 한데 모아 소개하고 있다. 그저 작품들만 놓인 전시가 아니라, 행사장 입구부터 놓인 각국의 먹거리 부스들과 방문객들을 반기는 아랍의 전통 세리머니, 참여형 크리에이티브 프로그램들이 넉넉하게 준비되어 있어서 멀리 두바이에서도 행사장을 찾는 길이 설레고 신날 정도다.

　노을이 그려 내는 황홀경에 젖어 현지 색 가득 묻은 전시장을 따라 걷다 보니 마침내 12번 방, 한국관을 만났다. 오랜 해외 생활을 하다 보면, 국적이란 것이 한 사람에게 주어진 얼마나 큰 정체성 인지 느낄 수 있는 순간들을 자주 만난다. 낯선 이 들을 처음 만날 때, 너무나도 자연스레 서로에게 묻게 되는 것 역시 '어느 나라에서 왔어요?' 하는 질문이니까. 참새가 방앗간에 들르듯 아트 행사장 을 홀로 찾아다니던 대학원 시절, K-팝이란 것이 이미 아랍 소녀 팬들의 마음을 빼앗은 덕에 난 한 국에서도 못 본 BTS며 SM 군단들을 일찍이 현지 에서 만날 수 있었다. 말하자면 해외살이 특혜를 톡톡히 맛본 것이다. 하지만 그때까지만 해도 큼 직한 아트 페스티벌이나 미술 전시장에서 한국을 만나는 것은 아주 드문 일이었다. 이 낯선 땅, 내가 좋아하는 아트 전시장에서 우리 한국 작가님들의 작품을 볼 수 있다면 얼마나 좋을까 하는 생각을 한두 번 했던 게 아니다. 그럼 뭔가 이곳에서 꽃잎 처럼 흩날리는 나의 정체성도 꽃나무처럼 더 단단 해질 거란 바람 때문이었을 거다. 그러던 2023년, RAK 아트 페스티벌에 처음으로 한국관이 생기고, 그해 현지에 생긴 한인 미술 & 콘텐츠 협회 작가님들의 작품이 그곳을 채우게 된다. 가히 삶은 원하는 것을 보게 한다고 했던가.

지금 돌아보면 그 뜻깊은 과정을 눈앞에서 지켜보면서 눈물 흘리지 않은 것이 신기할 정도다. 어린 시절 내게 가장 중요한 연례행사였던 방구석 연말 가요 시상식에서 '문화와 예술이야말로 세계를 잇는 연결 고리'라 외치던 아티스트분들의 그 말을 해외살이를 통해 이제야 조금 피부로 깨닫는 것 같다. 신기하게도 휴가로 한국에 들러 듣게 된 뉴진스는 가장 힙하고 잘나가는 소녀들의 음악이었지만, 해외살이 중 듣는 뉴진스는 내게 그리운 한국이다. 마치 〈섹스 앤드 더 시티〉가 미국이고, 〈스킨스〉, 윔블던, 홍차에 곁들이는 비스킷과 스콘이 영국인 것처럼. K-팝과 K-드라마, K를 달고서 세계로 나와 준 문화 예술 덕분에 코리안이라는 이유로 해외살이 중에 알게 모르게 받은 혜택들이 정말 많다. 말 그대로 이젠 어딜 가나 단단한

꽃나무가 된 듯한 기분 좋은 일이다. 난 이제 조금 더 큰 꿈을 품어 보려 한다. 우리가 인종, 국적, 지역 그 어떤 구분을 넘어 예술로 하나 된 편견 없는 세상에서 만나는 그날을. 자라나는 나의 조카들이 너른 세상에서 다양한 이들과 맘껏 뛰어놀며, 각자가 원하는 삶을 크고 자유로이 만들어 갈 수 있기를. 가슴 가득한 설렘으로 그날을 상상해 본다.

빛의 가장 맑은 곳으로

　어떤 모임이건 간에 창시 멤버라는 타이틀은 힘 있다. 이는 말하자면, 그 시작부터 우리가 어떤 길을 걸어왔는지를 함께 기억하고 논할 수 있는 배지 같은 걸 갖게 되는 거다. 내겐 스물 중반 반짝반짝 빛나던 날, 토요일 오전 영어 토론 스터디 그룹의 창시 멤버가 되어 아랍으로 건너오기 직전까지 멤버들과 보낸 눈부신 날들이 있다. 그 시간은 지금까지도 나의 삶에 가장 찬란하고도 소중한 기록으로 자리 잡고 있다. 다시 못 올 시간이란 그런 청

춘 시절의 아름다운 모임을 두고 하는 말인가 보
다 했다. 어느 날, 현지 한인회 사이트에는 미술 콘
텐츠 협회가 생길 거라는 멤버 모집 포스팅이 올
라왔다. 어떤 모양의 협회가 생겨나는 건지 궁금
하기도, 현지에서 졸업한 미디어 매니지먼트 석사
가 있으니 어쩌면 나도 가능하지 않을까 하는 설
렘이 동시에 몽글몽글 꽃을 피우기 시작했다. 잽
싸게 이력서와 함께 가입 신청 메일을 보내고 그
로부터 제법 날들이 흘러 어느새 그를 잊고 있던
어느 날. 부랴부랴 출근 도장을 겨우 찍어 낸 오전,
협회의 회장님으로부터 이메일 한 통을 받았다.
곧 있으면 열릴 협회 창단 오프닝에 참석 여부를
묻는 RSVP였다. 정말이지 오랜만에 느껴 보는 그
희열이란. 난 늘 예술과는 얇은 유리 한 장만 한 담
을 사이에 둔 이였던 것이다.

자유를 가진 대학생이 되고서, 전공인 영어를
빼고 자진해 무언가 배웠던 것이 기타 연주와 데
생이었다. 영화를 결제해 다운받아 보던 그 시절,

시간만 나면 난 플랫폼에 있던 외국 영화들을 남김없이 쓸어서 보곤 했다. 그때 자연스럽게 기타 하나를 마련해 홀로 코드와 연주법을 익히고는 몇 곡을 연주할 수 있게 된 거다. 편의점 와인을 마를 날 없이 재어 두고 홀짝이게 된 건 덤이었다. 데생을 배운 건 당시 친언니의 가까운 지인이 미술 선생님인 덕분이었다. 대학교 이 학년 여름에 호주로 나가느라 학교에는 휴학계를 냈고, 출국일까지 남는 시간을 언니는 그림을 배워 보면 어떻겠느냐고 내게 제안해 줬다. 그의 화실은 마산 끝자락 한 대학가에 있었다. 시원한 버스에 오르고, 아직 부모님 댁이 있는 창원의 끝자락에서 마산의 끝에 닿을 때까지 난 창가에 앉아 상상의 나래를 펼럭이곤 했다. 그럼 두세 시 무렵 라디오가 흐르는 화실에 닿았고, 사각사각 연필심이 내는 소리와 촉감에 빠져 소묘 연습이 시작됐다. 불과 이 주 정도의 짧은 시간이었지만, 그 강렬했던 여름은 이후 내가 원하는 어떤 것이든 그려 낼 수 있는 불씨가 되어 주었다. 비를 볼 수 없던 아랍 생활 속에 언제든 들를 수 있는 비 오는 날의 카페 하나를 내 안에 장만하게 된 것도, 고독이건 외로움이건 뭐든 손으로 씻어 낼 수 있는 근사한 명상의 시간을 선물받은 것도 그 덕분이었다. 너무나도 사랑하면 그저 주변만 맴돌게 되는 것처럼, 난 그 후에도 오래도록 예술이란 것을 짝사랑해 왔다.

그렇게 아랍에 최초로 생긴 '한인 미술 콘텐츠 협회(KUACA)'의 초창기 멤버로 합류해 난 콘텐츠부에서 소셜 미디어 피드를 만들고 기획하는 콘텐츠 크리에이터로 반년을 보내게 된다. 무엇보다도 아트에 진심인 나와 제임스는 얼떨결에 협회의 로고도 뚝딱 만들어 버렸다. 현지 전시회에 협회 작가님들이 참가하려면 당장 제출할 로고가 필요했는데, 둘이 손 머리 맞대 만든 캘리그라피가 선발된 거다. 아직도 협회의 로고를 볼 때면 난 그날의 열정이 생각이 나 설레곤 한다. 협회는 문화 외교를 위해 만들어진 단체였다. 아랍 현지에 계신 우리 아티스트분들과 미디어 관련 종사자분들의 재능과 힘을 모아 한국의 멋을 알리자는 취지였다. 이후 총영사관에 입사하게 되면서 자연스럽게 협회에서는 빠지게 됐지만, 한 예술 단체가 만들어지고 운영되는 과정을 내부에서 지켜봄과 더불어 소속 작가님들의 전시회를 쫓아다니며 소녀처럼 뜨겁게 응원할 수 있었던 그 시간은 내게 의미 있었다. 물론 협회라는 것이 다양한 분들의 이해관계가 섞여 있기에 우여곡절도 많다는 것 역시 큰 배움이었으리라.

종이 위에 고백하건대, 열심히 쫓아다닌 창립식과 월 모임 등의 협회 활동으로 얻은 가장 값진 것은 다름 아닌 나와 닮은 인연들, 맑은 이들이었다. 이유가 있어서 맺는 인연보다는 그 사람이 매력 있고 따뜻하고 좋아서 이어 가게 되는 인연은 훨씬 힘 있다. 거추장스러운 레이블 다 떼고, 오롯이 당신과 내가 만나는 대화가 가능해지니까. 우리는 서로에게서 맑은 면들을 보았고 그것이 좋았다. 엉뚱한 곳에서 지쳐 있던 난 그녀들과의 대화를 통해 다시 한 움큼 빛을 받아 낸다. 이런 대화란 참 힘 있다. 한없이 작고 하찮게만 느껴지던 내 생각과 감정들이 힘을 얻어 확장되고, 그 대화 속에서는 그 누구도 처형받지 않아도 되었고 오로지 청정한 영감과 정보들만 샘물처럼 흘렀다. 결이 비슷한 사람들과의 대화는 이렇게나 힘 있다. 콩콩대는 마음으로 날 한 자 한 자 꾹꾹 오늘을 눌러써 내려가게 할 만큼. 어디서건 무엇을 하건, 서로가 얼마나 쥐었는지보다는 서로의 맑음에 반해 사귀는 고운 인연들이 곁에 많아지길 오늘도 바라본다. 아니, 그게 단 한 사람일지라도 좋으니 난 그랬으면 좋겠다.

Bar에서 만난 고래 친구들

제임스와 난 여럿 비슷한 면들이 있는데, 그중에서도 하나가 바로 주변에 친구가 많지 않다는 거다. 이유가 있어 만나는 회동의 멤버들 말고, 있으면 있고, 없어도 그만인 가벼운 인연들 말고. 무언가 통해서 서로 가진 깊은 바닷속 같은 걸 공유할 수 있는, 말하지 않아도 나를 아는 듯한 고래 벗 같은 존재. 우리는 그러한 벗을 추구하는 고래 같은 이들인지라, 굳이 사람들이 말하는 네트워킹에 연연치 않는 건지도 모르겠다. 어쨌거나 우리는 서로가 발견한 고래 벗 같은 존재다. 그래서 때로는 둘뿐인 이곳에 새로움을 불어넣으려 다양한 노력을 해야 하는 게 우리인데, 예를 들면, 금요일 밤 칵테일 바로 향해서 테이블 석이 아닌 바에 앉는 거다. 분명 껄끄러운 그 시작이 있었지만, 이게 앉다 보면 그날의 바텐더에 따라, 옆에 앉은 사람들에 따라 어떤 일이 일어날지 몰라 왠지 기대되는 여행 같은 놀이가 되고 만다. 바텐더가 사랑하는 맛있는 디저트를 추천받을지도, 운이 좋다면 무언가 통하는 깊은 눈의 바텐더를 만나 온 더 하우스 칵테일을 즐기며 도시에 숨어 있는 분위기 좋은 칵테일 바 리스트를 건네받을지도 모른다.

지난밤, 처음 간 캠핀스키 호텔의 한 바에서 그들을 만났다. 우리 둘은 어떻게 만난 거냐며 대화를 시작한 그는, 어느 나라 사람들이냐고 이어 물었다. 내가 얼른 한국에서 왔다고 말하며 웃어 보이자 그가 말했다.

"아아, 물론이죠. 웃을 때 반달이 되는 그 눈을 보니 알겠네요."

제임스는 그건 아시안들을 구별할 때 쓰는 자기만의 치트키인 줄 알았는데 그들 역시 알고 있단 사실에 적잖게 놀라 했다. 아니, 다른 것도 아니고 웃을 때 반달이 되는 눈이라니! 이보다 더 낭만적인 민족적 특징이 있을까. 내가 본 골드 이어링 중 가장 반짝이는 작고 예쁜 걸 하고 있던 그 필리피노 바텐더가 자리를 옮기자, 이번엔 까만 피어싱 이어링에 예쁜 문신을 많이 한 바텐더가 다가

와 대화를 이어 갔다. 그는 단순히 국적을 말하기엔 많은 이야기가 있는 혼혈 집안의 후손이었다. 둘은 이곳의 *끈끈한* 창시 멤버라며, 이 바가 처음 생기고서부터 컨셉이 확고해지게 된 지금까지의 역사와 함께 두바이를 통틀어 꼭 들러 봐야 하는 꾸덕꾸덕한 바들을 하나하나 나열해 갔다. 바텐더들이 가는 바는 진짜랬는데… 말하자면 오늘 밤은 선물 보따리를 떠안게 된 날. 분명 그날 밤 바에는 우리 말고도 다른 커플들이 오가며 앉아 있었는데 그들은 우리를 아주 특별한 게스트처럼 대해 줬다. 진실로 통하는 이들은 몇 없지만, 통했다면 그건 진짜이어라.

그들이 건네준 리스트 속엔 마침 집에서 가까운 바도 하나 있기에, 진심 담아 또 보자는 아쉬운 안녕을 주고받고 이차를 즐기러 넘어간 다음 바. 그들은 이곳을 지금 두바이에서 가장 핫한 DJ들이 연주를 여는 바라고 소개했었다. 아니나 다를까 도착했을 땐 물처럼 흐르는 디제잉 부스 앞을 사람들은 떠나지 못하고 서서 구경하고 있었다. 북적이는 금요일 밤 우리는 이미 살짝 취해 있던 상태라 바에 앉아 바텐더가 추천해 주는 몇 잔을 홀짝이다 아름답게 그날 밤을 마무리했다. 놀라운 건 몇 주 후 그곳을 다시 들렀을 때였다.

"어! 또 왔네요."

툭툭 내뱉는 츤데레 화법을 지닌 그 바텐더는 우리를 기억하고 있었다. "당연하죠, 이 주 전에 왔었잖아요" 그는 덧붙였다. 역시나 이차로 디제이의 음악 몇 곡을 들으러 갔던 우리에게 그는 마치 능숙한 마법사처럼 뿅 하고 풍미 넘치는 칵테일 샷을 온 더 하우스로 쐈다. 마감 시간에 임박해서 온 우릴 보고 '에이, 지금 오면 어떡해…' 하며 꼭 아쉬운 사람처럼. 사실 아쉬운 건 우리였다. 얼마 전 두바이를 떠날 날짜를 정했기에 언제 이 반가운 인사를 다시 받을 수 있을지 모를 일이었다. 한편으로는 이제 두바이를 들를 때면 우린 어김없이 여기 와 앉아 있을 게 그려지는 거다. 마침 디제이가 마지막 곡을 끝냈다. 먼발치에서 즐기던 제임스는 평소 그답지 않게 디제이에게 다가가 귀가 녹아 없어질 뻔했다고 뭉클한 악수와 함께 인사를 나눴다. 마치 두바이에 마지막 인사를 건네듯이. 그날 밤 집으로 가는 길에 나는 생각했다. 눈 씻고 찾아봐도 없던 두바이의 멋진 이들은 다 바에서 일하고 있었던 거구나 하고. 그리고 어느 도시를 가건, 우리는 다시 바에 앉아 세계 곳곳의 멋진 고래들과 악수를 다지며 두둥실 여행하듯 살아 보겠노라고.

보석들이 만나는 지도

해외살이라는 게 사람을 참 심플하게 만든다. 내가 누군지는 모르겠는데 하고 싶은 건 또 너무 많던 엉겅퀴 이십 대에서 이것저것 해 보고 나니 지치는 바람에 되려 심적인 여유란 게 생기는 삼십 대로 넘어온 이유도 있겠다. 하지만 분명 주변 이들의 시선과 자의식으로 둘러싸여 나도 모르게 숨죽이던 조국을 떠나, 밖으로 나오고 나니 '나라는 사람은 그냥 아무것도 아니구나' 하는 그 단순한 깨달음은 나도 모르게 나 자신을 자유롭게 했다.

'하고 싶은 게 있으면 그냥 그걸 하면 된다'라는 가벼운 마음으로 아랍에 와서 시작한 것이 나에게는 블로그였다. 뭔가 이렇다 할 주제를 잡고 비장하게 시작해 보려 하니 저장 글만 쌓이고 좀처럼 시작종이 울리질 않아, 일단 스타트를 끊어 보자 하고 내놓았던 것이 매달 묶은 일상 이야기였다. 그조차도 처음에는 신경 쓸 것이 참 많았다. 지금은 '누가 보면 어쩌려고'라거나 '그걸 도대체 왜 쓰는 건데' 하는 생각 따위는 낄 수도 없게, 마치 마법에 걸린 사람처럼 기록하는 일을 멈출 수 없다. 아마도 나의 블로그엔 '이유 불문, 브레이크 없음 주의'라는 경고문이 붙여져야 할지도 모르겠다.

멈출 줄 모르고 이어 간 블로그는 생각지도 못한 인연들을 내게 주었다. 아부다비에 사는 공주처럼 예쁘고 기묘한 한 동생을 블로그가 이어 주던 날을 기억한다. 추천받은 한 레스토랑에서 처음 만나 이야기 나누며 알게 된 사실은 우리가 고향이 같단 거였다. 둘 다 서울이 고향이 아닌지라

아랍에서 고향 사람을 만나게 된 건 몹시 드물고
도 여태 유일한 일이었다. 햇살 좋은 날, 에미레이
트 팰리스에 앉아 금 커피를 앞에 두고 수다를 떨
던 어느 날에는 우리가 이미 오래전 대학생 시절
에 한국에서 이미 한번 마주친 적이 있는 인연이
란 것도 알게 됐다. 그녀는 내가 두바이 생활이 지
칠 때마다 그녀의 평화로운 궁전을 내어 주며 쉼
을 나눠 주곤 했다. 그 작은 손으로 손수 집밥을 지
어 그녀의 진열장 속 예쁜 그릇에 담아 주면, 난 그
녀의 사랑을 먹고 치유되어 또다시 두바이를 살아
갈 힘을 내 넘어오곤 했던 것이다. 그녀와 우정을
쌓아 가며 내게 블로그란 이미 그 값을 매길 수 없
는 어떤 것이 되었다.

　그런 일은 또다시 일어날 수 없기에 아주 특별
한 것이다. 하지만 블로그는 또 다른 신기한 인연
을 내게 주었다. 대학원 졸업 시즌, 블로그에는 소
중한 이웃 한 분이 새로 생기게 된다. 두바이 곳곳
의 크리에이티브한 건축물과 조경 스케치들이 담

긴 그 블로그의 주인분께서는 내가 올리는 도시의 누추한 일상 사진들을 좋게 봐 주시곤 했다. 곧 두바이를 떠날 생각에 밀려오는 눈물을 꾹꾹 사진으로 눌러 담던 날이었다. 졸업 후 한국에서 두바이를 그리워하던 시절엔 아주 간간이 업데이트되던 이웃님의 포스팅을 통해 두바이 소식을 가뭄에 비같이 받아 마시며 그 시간을 버티곤 했다. 그렇게 시간은 돌고 돌아, 돌아온 두바이에서 마지막이 될 직장에 입사한 후 어느 날. 하루는 점심시간이 끝날 무렵 그곳에서 아홉 해를 보내셨다는 어마어마한 선배님과 휴게실 테이블 위를 마주하게 됐다. 배고픈 입사 첫날 아침부터 맛있는 커피와 비스킷을 내밀어 주신 분이었다. 실은 그보다도 전에 난 그녀를 엑스포 의전실에서도, 협회 창단식에서도 본 적이 있었다. 가까이서 몇 번을 보아도 기억에 없는 얼굴들이 있는 반면, 멀찍이 마스크를 쓰고 스쳐도 잊을 수 없는 얼굴이 있다. 머뭇거리던 그녀는 내가 불편해할까 봐 말하지 않았다며 운을 뗐고, 한때 나의 지지대였던 그 블로그 이웃분이 바로 그녀의 배우자라는 말이 그녀의 입을 타고 흘러나오고 있었다.

인연이라는 한 둥지가 만들어지기까지는 얼마나 많은 나뭇가지들이 필요하던지. 그걸 내가 원해서 차곡차곡 실어 날라 만들 수도 있지만, 어떤 인연은 신기하게 어디서라도 그 잔가지들이 주어져 도무지 인연이 아닐 수 없게끔 만들어지더라는 것이다. 두바이의 마지막 직장에 안녕을 고하던 퇴사 날 저녁, 일 년 동안 만나자 말해 오던 네 사람이 드디어 만났다. 그 유쾌하고 따스했던 시간은 제임스에게도 특별한 것이었다고 그는 말했다. 두바이에서 보낸 어느 밤보다 길고 아름다웠던 그 밤을 우리는 오래도록 기억할 것 같다.

3장

금빛

진주알

건져 올린

까만 밤하늘에 별이 내린다

대학교 입학을 기다리던 겨울부터 알바를 시작해 유독 다양한 분야에서 여러 직무를 거쳐 온 이가 있다면 그건 나였다. 마치, 그녀가 할 수 없는 유일한 것이 있다면 그건 아무것도 모르고 한번 들어간 직장에서 만 시간을 버텨 내는 일 같은 거였다. 사람을 색으로 표현한다면 나는 금색일 거라 말해 주던 오랜 영혼의 벗 소피가 어느 날은 말했다.

"언니, 제 주변에 진짜 자기가 하고 싶은 게 무언

지에 정말이지 고민 많은 친구가 하나 있거든요? 음, 언니는 그 애보다 조금 더한 거 같아요."

　제 발로 걸어 들어가고 또 뛰어나오기를 반복하길 어느덧 서른 하고 반, 짧게 수습 기간 정도를 다닌 한 광고 회사를 퇴사하던 날. 끔찍한 그 속을 알아 버린 나는 그들이 공짜로 날 놓아주지 않으면 어쩌나, 악마 같은 눈을 하고 뱉는 그 소릴 또 듣고 앉아야 하면 어쩌나 하고 마치 수분은 하나도 안 남은 끓는 냄비처럼 맘을 졸여 댔다. 출퇴근 길을 함께해 주며 늘 옆에서 날 지켜봐 온 제임스는 전폭적으로 퇴사를 지지하며 마지막 날까지 날 그곳에 데려다줬다. 긴장감으로만 가득했던 지난 몇 달에 마침내 마침표가 달릴 참이었다.

　다행히 퇴사 절차는 평소 인자하고 다정했던 인사과 시니어분과의 면담으로 그쳤고, 내가 짧게 있던 팀의 시니어 둘에게 그간 맡고 있던 일을 전달하는 것으로 끝이 났다. 그녀는 내가 두 번 다시 오피스를 밟지 않아도 되게끔 그 현장에서 모든 퇴사 처리를 진행해 주었다. 늘 오가며 따스했던 그녀지만 마지막 날 그녀의 온기는 특히나 기억에 남는다. "클로이, 넌 그동안 일을 되게 잘해 왔어." 인수인계 과정에서 첫날부터 함께 해 온 같은 팀의 지각쟁이 시니어가 갑자기 날 들여다보더니 말했다. 퇴사 과정에서 내가 행여나 직전 퇴사자처럼 그의 이름을 언급할지 걱정이 됐던 건지, 아니면 아무도 몰랐지만 실은 그는 좋은 사람이었던 건지. 그 속은 알 수 없으나 난 실로 잘해 보려 정성을 다해 왔고, 가까이서 지켜본 그만은 그걸 알아준 게 아닐까 해서 잠시 고마웠다.

글을 쓰지 않는다면 네 인생을 망가뜨려 버릴 거야.

저녁이 되자 솟구치는 안도감에 비로소 웃어 보이는 나와, 또다시 이 원점에서 만난 내게 제법 성이 난 내가 분열된 채로 요가 동작을 이어 가고 있었다. 어느새 사바 아사나, 모든 생각들을 놓고 매트 위 털썩 내가 없어지는 시간. 그 순간 다소 거친

한마디가 봉긋 솟으며 나를 덮쳤다. 놀란 나는 속에 쥐고 있던 귀한 조각들을 쏟아 버리고 만다.

"희정아, 나는 책벌레라 불릴 정도로 어릴 적부터 책을 정말 많이 읽어 왔잖아? 근데 넌 그렇지 않은데도 글을 잘 써. 네가 미니홈피에 올려 둔 글들을 봐 왔어. 내가 볼 때 그건 너의 재능인 것 같아."

"이 자소서, 본인이 쓴 게 맞아요? 어디서 돈 내고 가져다 쓴 게 아니라 정말 본인이 스스로 쓴 게 맞다면, 당신은 작가가 되어야지 여기 호텔 프런트에 계실 분이 아니에요."

"난 언니의 글이 너무 좋아요. 막, 어른 동화 같아. 그러니 자주 좀 써 줘요."

주말 아침 눈을 떴다. 새하얀 천장에 떠 있는 두 달 된 제임스의 빨간 생일 풍선이 보인다. 그날은 내가 화를 내서 미안하지만 이제 정말 시간이 많이 남지 않아서. 정말 원하는 게 있다면 그걸 해야 할 때라고 그 목소리는 다시 말을 걸어왔다. 그것은 호소에 가까운 마지막 한마디를 붙였다.

…내가 줄 수 있는 마지막 기회일지 몰라.

삶이 글을 써 달라고 말한다. 네가 가진 건 경험뿐이고, 네게 필요했던 것도 글을 쓰기 위한 그 소스들뿐이었다고. 넌 이미 넘치는 소스장을 가졌으니 이제는 제발, 부디 그걸 써 달라고. 등 뒤에는 이미 무지갯빛을 넘어선 나의 이력서가 증명하겠다는 자세로 나를 향해 누워 있었다.

우주의 확장

아는 동생들과 친언니가 좋아했던 나의 글들은 싸이월드(Cyworld) 다이어리, 혹은 페이스북(Facebook)에 짧게 올려 둔 포스팅들이었다. 요즘은 네이버 블로그에 일상 이야기와 여행기를 끄적이고, 블로그에서 예쁜 것만 추려 내 감성적인 사진첩을 만드는 일이 인스타그램(Instagram)이었다. 그러다 뭔가, 그래도 글쟁이들이 모인 플랫폼에서 놀아 보아야 하지 않겠는가 하여 시작한 것이 브런치(Brunch). 브런치 작가가 되는 일은

섭지만은 않았다. 최근, 드디어 브런치 작가가 됐다며 축하해 달라는 분들을 하루걸러 만나는 스레드(Threads) 덕분에 그 기억은 되살아난다. 이제와 보따리를 풀어 보지만, 제주살이를 막 시작하던 시절 써 보고 싶은 글들이 많았다. 그러던 중에 알고 있던 호주식 커피를 만들던 한 카페 사장님이 브런치 작가가 된 것을 보게 되고, 막연히 나도 글은 좀 쓰지 않나 하는 생각에 따라 작가 신청을 몇 번이고 해 봤지만 애석하게도 모두 헛수고로 돌아갔다. 그로부터 몇 년 후, 브런치로부터 합격 메일을 받은 건 두바이로 다시 건너와 총영사관에 입사한 지 얼마 안 돼서였다.

엑스포가 끝나고 들어간 광고 회사를 뒤도 안보고 나온 후 총영사관 입사 전까지, 내게는 애벌레가 한 꺼풀을 벗고 나오는 듯한 일이 있었다. 당시엔 그게 무언지도 모르고 내디딘 작은 한 발이었는데, 지금 돌아보면 나는 참 용기 있었던 것이다. '그래, 글을 써 보자.' 했는데 내가 가진 개인 플

125

랫폼에만 담는 글, 혹은 간혹 주어지던 기계적인 번역을 벗어날 방법을 도무지 알 수 없었다. 마침 그때 만난 것이 한 서점 계정의 포스팅이었다. 글을 쓰고 싶은, 쓰고 있는 모두와 함께하는 신유진 작가님의 글쓰기 클래스, '쓰는 사람을 위해'. 정말 신기하게도 당시 난 작가님의 첫 번째 에세이 『몽 카페』를 만나 막 완독한 후였다. 알고 보니 제주 살던 시절 힘이 되어 준 『가만히, 걷는다』 역시 그 녀의 작품이었다. 이제 와 그때를 돌아보면 이는 기절초풍할 일이 아닐 수 없다. 작가님께 온라인으로 글쓰기 수업을 듣는다고? 줌 미팅으로 매주 그녀를 만난다고? 내가 쓴 글을 그녀 앞에서 읽고 피드백을 받는다고?

무지하기에 가능한 일들이 있다. 때로 위대한 것은 우릴 주눅 들게 하는데, 되려 그것이 무언지 모르는 상태라면 얼마든지 용감할 수 있는 거다. 그 위대한 일을 난 공백기 백수 시절에 해냈다. 5주 동안 매주 목요일, 두바이 시각 오후 두 시 반이 되면 컴퓨터 스크린 앞에 앉아 그녀들을 만났다. 작가님이 주시는 메시지를 모든 감각을 이용해 받아 적고 나면 글벗님들의 글을 들을 차례가 왔다. 그리고 머지않아 내 차례가 오면, 속으로 기합 한번 빡 주고는 한 주간 쥐어짜 낸 나의 글을 읽는 것이다. 처음이었으리라. 기다란 나의 글을 사람들 앞에서 그렇게 낭독해 본 것은. 만일 오프라인이었더라면 덜덜 떨리는 내 목소리를 듣고는 그만 새하얘져 멈춰 버렸거나 듣다 못한 다른 이들이 나서서 멈춰 줬을지도 모른다. 이 모든 것이 온라인이라 가능했다. 내가 앞으로 나아가는 데 필요했던 이 클래스가 마침 온라인으로 열렸다니, 이 어찌나 신의 한 수인지. 굳이 한 수를 더하자면, 이미 정원이 마감돼 닫혀 있는 문 앞에 대기 깃발을 꽂고 서 있었던 터라 얻게 된 기회였다. 그때 그 애벌레가 '아, 그래요? 아쉽네요.' 하고 그 작은 등을 보이며 돌아서기라도 했다면…! 첫 수업에서 하얗게 번진 글 같다던 나의 글은 다듬고 또 확장

되어 결국 한 시리즈로 완성됐다. 이는 한 이야기에 마침표를 찍을 수 있었다는, 필력 인증 같은 것으로 어쨌거나 잘 마무리가 된 것 같다. 내가 쓰는 글의 특징은 무언지, 어떻게 써 보면 더 영화 같은 글이 나올 수 있을지, 어제까지 벽이었던 곳에 다리가 하나 놓이는 듯한 덜컹하는 느낌. 그것은 나의 세계의 확장이었다.

길고 오랜 시간을 집에 숨어 혼자서 요가를 해 오다가, 두바이에 와 만난 한 언니를 따라 처음으로 요가원에 나갔던 날을 기억한다. 글쓰기 수업을 마치고 느꼈던 그 느낌은 그날의 그것과 같은 것이었다. 오직 나로 가득 차서, 혹은 수줍음과 불편함을 핑계로 꽁꽁 싸매고 있느라 결코 알지 못했던 것. 그것은 시원하고, 더 쉽고, 풍성한, 드넓은 우주의 느낌이었다. 글쓰기 수업을 마치고 한두 해가 지났다. 어느새 난 브런치 작가를 넘어 첫 번째 전자책을 냈고, 지금은 이렇게 나만의 첫 에세이 책을 써 내려가고 있다. 이 모든 게 우연히 합

류한 그 글쓰기 클래스 덕분이 아닐까, 그 수업에 발을 넣지 않았더라면 아직도 혼자서 헤매고 있지 않았을까 하는 생각도 든다.

조금이라도 당신의 호기심을 끄는 것이 있다면 너무 주저 말고 한번 해 보자. 조금 불편하고 낯설 어도, 새카만 어둠을 뚫고 열리는 새벽 장터로 한 번 나가 보자. 당신이 깨어만 있다면, 장바구니 하 나 들고서 새벽녘 걸어 나갈 수만 있다면 무엇이 든 건져 갈 수 있게 되어 있는 뺑 뚫린 바다 앞 새 벽 장터로. 당신을 마치 운명처럼 원하는 곳으로 꿰어 줄 우연의 실이란 것은 결코 어떤 모양으로 올지 모르니까.

나의 영원한 밸런타인이
되어 주겠니

여태껏 나의 삶에 그다지 특별한 기억은 없는
밸런타인데이. 마음에 쏙 드는, 그런 소설 같은 꽃
다발을 선물로 받아 보길 시작한 것도 겨우 스물
후반의 일이었다. 홀로 연말을 보내고 또 새해를
열면서 '아, 올해 이월은 혼자 보내는 거구나.' 하
고 스르르 마음을 내려놓게 될 무렵, 두바이 오페
라에서는 인스타 광고를 열심히 돌렸다. 이토록
상업 광고에 감사했던 적은 없는데, 그 스토리 광
고는 길게 울적할 수도 있었던 나에게까지 닿았고

공연은 내가 깡총하며 좋아할 발레였다. 물론 두바이 오페라에서 치러졌던 대학원 졸업식 덕분에 웅장한 내부를 아직 기억한다마는, 그 유명한 곳에서 제대로 된 공연 한번을 보지 못한다면 내내 아쉬울 일이었다. 생각이 거기까지 닿으니 나의 손가락은 이미 날 위한 선물을 예매하고 있었고, 그렇게 새해부터 난 이월만을 기다리는 소녀가 되어 하루하루를 보내 온 게 틀림없었다.

굵게 짜인 붉은 커튼이 열리고, 무대 위로 흩날리는 꽃잎처럼 하나둘 무용수들이 나타나 춤을 춘다. 그 모습은 마치 지난밤 화병 속 하나하나 꽂아 두고 온 밸런타인데이에 내게 온 분홍 꽃들이 일어나 움직이는 것만 같다. 차르르 퍼지는 스포트라이트 아래 한 땀 한 땀 그들의 동작을 정성스레 따라가 본다. 아름답다, 고요한 탄성을 내며 올라가던 나의 시선에 닿은 건 마치 톡 하고 조명처럼 켜져 있는 그들의 미소였다. 그만 왈칵 눈물이 터지고 만다. 당황한 난 마치 못 이룬 꿈이라도 있는 듯한 사연 있는 여인으로 보일까 두려워 몰래 눈물을 훔쳐 내지도 못하고 흘러 마르길 기다렸다. 이유 모를 오늘 밤의 해프닝은 조용히 집에 가서 내게 물어봐야지 다짐하면서. 옆에 있던 나의 연인조차도 1부가 끝난 후 인터발 타임에 내가 고백하기 전까지 나의 눈물을 몰랐다.

영화 〈위대한 개츠비〉에 푸욱 빠진 적이 있다. 실은 피츠제럴드의 소설책에 반해 과연 이 장면을 어떻게 표현해 냈을까 싶어 영화까지 두어 번 돌려 봤던 거다. 많은 이들이 화려한 삶을 꿈꾼다. 나역시 그저 평범한 그중의 한 명일 뿐이었다. 화려함 속에서도 외로워 이런 것들이 다 무슨 소용인가 싶다가도, 정작 그 반짝이는 것마저 없으니 내가 더 처량해 보여 싫은 것. 그러니 다 한번 누려 보자 싶은 것. 그러려고 우리는 생을 선택해 이곳에 떨어져 있는 행운아 별들이 아닐까. 오페라 안을 가득히 채운, 영화에서 막 걸어 나온 듯한 우아한 여인들과 아름다운 연인들. 그중에서도 서너

줄 정도 앞에 앉아 있는 한 커플은 단연 우리의 눈길을 사로잡았다. 이틀 동안 이어지는 공연의 첫날이라 신사는 턱시도에 나비 타이까지 정중하게 맸고, 여인은 새까만 실크 슬립 드레스 위로 자연스럽게 말아 고정한 로우번에 드롭 이어링, 작은 시스루 장갑으로 딱 떨어지게 마무리했다. 오늘 밤은 그야말로 개츠비의 파티에 와 있는 기분이라 마음에 쏙 든다.

"그래, 이런 날도 있어야지."

"아니? 삶이란 건 이래야지."

위치가 극히 다른 두 주파수를 오가며 내 마음은 파르르 떨렸다. 순간, 집까지 닿기도 전에 난 오페라의 눈물의 이유를 깨닫고 만다. 저기 밑에 있던 내가 여기 위에 있는 나를 만나니 그동안이 서럽고 서글펐던 거겠지. 나의 밸런타인, 다시는 널 저 아래에 두지 않아. 오페라는 단숨에 나를 이곳 위로 꺼내 버리고는 웅장한 다짐을 하게 만들었다.

모든 것의 타이밍

똑똑하고 뭐든 재어 두길 좋아하는 소녀 같은 토끼띠 엄마와 성실한 가장으로서 오로지 일만 해 온 돼지띠 아빠 사이에 태어난 나. 어릴 적부터 명 랑하고 할 말은 반드시 하며 일등을 밥 먹듯 하던 호랑이띠 언니와 공부하라고 안 시켜서 그것 하나 는 크게 감사하다는 자유로운 양띠 막내 남동생 사이, 난 신비롭고 속을 통 알 수 없는 용띠로 삼 남매 중 둘째 딸을 맡아 살아왔다. 정말이지 각기 다른 우리 다섯 식구가 한국이라는 사회 속, 가족이라는 한 울타리 안에서 함께 보낸 지난 시간은 나라는 한 사람의 삶을 손바닥 뒤집듯 흔드는 지대한 영향을 준 게 분명했다. 성실을 택한 언니와 자유를 택한 남동생, 언제나 그사이를 열심히 오가며 분주했던 것이 나였다.

엄하고 보수적인 집안 분위기상 일찍이 모험가인 나를 가족들은 몰라야 했다. 울타리를 넘다 치마가 찢어지고 턱이 쓸려도 내가 아픈 거보단 엄마가 호통칠까 두려워 옥상에 쪼그려 앉아 몇 시간을 고뇌했고, 주말 야외 학습을 땡땡이치고서 시외버스를 타고 좋아하는 가수 보러 간 걸 같이 간 친구가 자기 엄마에게 들켜 우리 집까지 쪼르르 전화가 왔으나, '우리 딸은 그럴 리가 없다'며 되려 친구의 엄마를 이상한 사람이라 믿던 울 엄마의 모습을 보고서 숨죽여 감동하던 나였다. 일찍이 내 길은 학교 안에 없지 않을까 싶어 주말엔 타 지역의 대학교와 백화점 상설 오디션장을 맴돌기도 했다.

엄마는 언니가 학교 선생님이 되길, 그리고 둘째 딸은 의사가 되었으면 하고 바랐다. 언니가 정말로 엄마의 기대를 따라 초등학교 선생님이 되어 그녀에게 큰 기쁨이 되었을 때, 난 경외감과 고마움을 언니에게서 느끼고 말았다. 가족들의 기대같은 것이 침범하지 못하게 오롯이 자신이 즐거운 길을 가는 남동생을 볼 때면 여태 그저 부럽기만 하다. 나는 아직도 나만의 온전한 기쁨과 엄마의 희망 사이를 분주하게 오가는, 날지도 앉지도 못하는 나비 같은 것. 휴가 때 한국에 들러 내겐 조카들인 언니의 예쁜 아들과 딸을 만났다. 나 역시 엄마가 바랐던 대로 나를 잘 눌러 담아 살았다면, 지금쯤 같은 동네에서 아이들을 데리고 놀러 다니며 한 공동체로 잘 살아가고 있었을까? 또다시 한국을 떠나며 나에게 물었다. 사람들이 말하는 평범한 삶은 내게는 너무나도 어려운 것이라 특별한 것처럼, 평범함도 더는 내가 가질 수 없는 것이 되고 나면 그것은 더는 평범한 게 아니었다. 어디쯤

온 건지 알 수 없는 모두가 잠든 듯한 새카만 비행기 안, 그 나비 같은 것은 가만히 눈을 뜨더니 말했다. 도무지 평범한 게 싫었던 그녀가 그토록 좇고 있던 건 특별한 삶이 아니라 오롯이 자기 자신이 되는 것이었다고.

아랍에 남아 글을 쓰겠노라 다짐하고는, 아침 네 시간씩 앉아 쓰고 간간이 주어지는 번역과 통역 일을 해내던 중에 매해 열리는 국가 행사 시즌이 왔다. 아부다비 한국 대사관을 통해 청와대 경호관 팀의 통역을 담당하게 된 그해는 대사관과 기자들을 오가며 손에 땀을 쥐고 있었다. 그때 마침 두바이 총영사관에서 구인 소식이 들려왔다. 휩쓸리듯 지원서를 넣고 면접에 입사까지는 쓰나미처럼 이어졌다. 지나고 나서야 보이는 것들이 있다. 당시 제임스는 왜 그런 곳에 들어가 일을 하겠다는 건지 내게 여러 번 물었다. 그가 봤을 때 하고 싶은 게 있다던 나의 다짐과 손 위에 놓고 고민하는 이것은 도무지 결이 달랐기 때문이다. 지금에서야 말하건대 난 글을 쓰는 일에 더 깊이 파고들 용기가 부족했을 것이다. 또 한 가지는, 엄마가 좋아할 만한 그곳에서의 일을 어쩌면 마지막 기회가 될 지금 한번은 해 봐야겠다고 생각했던 것 같다. 아직 글로 경제활동을 한다고 말하기엔 햇병아리 같던 그 시간을 난 잘생긴 직장을 입는 걸로 충당하고 싶었는지도 모르겠다.

하지만 총영사관에서의 시간은 녹록지 않았다. 비자 사증 업무를 담당하고 있었는데, 세계의 국지적 허브이자 자국민 15퍼센트를 제외한 거주자의 85퍼센트가 외국인인 두바이 특성상 받아 내야 하는 비자 신청자들은 쏟아지고 일손은 적으니 늘 컴플레인에 시달리는 게 일이었다. 일하는 분위기도 따라서 험악해질 수밖에 없었다. 주말은 쓰러져 아프기에 바빴고, 하루 여덟 시간 나의 영혼을 혹사하고 집에 돌아오면 글을 쓸 정신 같은 건 내게 없는 것이었다. 유일한 장점이었던 넉넉한 점심시간을 이용해 아등바등 노트북을 안고 다니며

140

글을 쓰곤 했지만, 나중엔 그 시간조차도 쓰러져 쉬기에 바빴다. 그 고된 자리에서 언제 일어설 수 있을지는 알 수 없는 일이었고, 그 안에서 직무를 변경한다고 해도 달리 맡고 싶은 자리가 없었다. 그렇게 회사에 레버리지 당하고 나를 버려 가며 번 돈이 쓰이는 곳을 가만 살펴보자니 그것도 참 허무맹랑한 일이었다. 아무것도 없어도 좋으니 가만히 앉아 쓰던 내가 사무치게 그리워지는 거다. 그때가 되니 모든 것이 명료해졌다. 소스장에 소스 하나 더 찼고, 무엇보다도 이 마음을 깨닫게 된 지금이 바로 모든 걸 내려놓고 나에게로 돌아갈 시간이란 걸.

모든 것에는 타이밍이란 게 있는 것이었다. 내게는 뒤도 돌아보지 않고 나에게로 첨벙 뛰어들 만한 어떤 또렷한 사건이 필요했다. 내가 아닌 채로 지옥에서 보낸 일 년 반의 시간이 정확히도 그것이 되어 주었던 것이다.

원하는 삶은 어떤 모양인가요

제임스가 살던 모토 시티의 예쁘장한 주거단지에는 풀들이 많았고, 마치 커다란 미로의 정원처럼 짜인 구조에 이런저런 모양의 수영장들이 곳곳에 보석처럼 박혀 있었다. 무엇보다도 집마다 걸려 있는 테라스는 유럽의 작은 어느 마을을 연상시켰다. 그 테라스에 앉아 우리는 교촌 치킨을 시켜 먹고, 카레며 파스타며 담긴 접시와 함께 와인을 부은 글라스를 열심히도 날랐다. 그 작은 테라스에서 우리는 지나온 날들을 나누며 웃기도 했지만, 무엇보다도 원하는 삶의 모양에 대해 자주 나눴다. 결국 두 사람이 함께하고자 할 때에는 각자 가고자 하는 방향이 중요하다 생각했기 때문이다. 각자의 그 방향이 비슷하다면, 둘은 손을 잡고 서로를 응원해 주며 함께 나아가면 되는 게 아닐까 생각했다.

　나에게는 풍성한 자연 속에서 영감을 쓰고 담으며 살아가고 싶은 조각이 있었다. 제임스가 내민 조각을 보니, 한 나라에서 석 달, 또 다른 나라에서 석 달, 그렇게 세상을 여행하며 사는 모양의 삶이었다. 사실 코로나 때 차려 둔 그의 회사 덕분에 그는 이미 디지털 노마드로 일을 하고 있었다. 아랍의 두바이와 케냐의 나이로비 두 곳에 베이스를 둔 회사지만 고객사들은 미국, 영국, 아랍에미리트, 아프리카 등 다양했다. 우리의 조각을 나눌 때마다 난 안심이 됐다. 막, 한 사람은 화려한 도시의 삶을 원하고 상대방은 시골에서 자연 친화적인 삶을 원하는 그런 도저히 나란히 둘 수 없는 조각들이 아니었기 때문이다. 그런 이야기를 몇 번이고 나누다 보니 이제 제법 그 모양은 선명해졌다. 선명하게 느낄 수 있는 것들은 곧 현실로 만날 수 있다는 말은 살아 보니 맞는 말이다. 매일 아침 눈을 감고 선명한 그것을 본 지 머지않아 적절한 시기에 난 회사를 나올 수 있게 됐고 우린 그 조각들을 한번 살아 보기로 했다. 또 다른 꿈의 조각들을 현실로 데려올 차례가 온 거다.

나의 소원은 건강하게 나이 드는 거다. 자연에서 온 신선한 재료로 만든 맛있고 건강한 음식 매끼 먹고, 원하면 언제든지 자연 속을 마음껏 거닐고 또 헤엄치고, 자연에서 영감받고, 자연을 닮은 맑고 아름다운 영혼을 가진 재치 있는 이들을 곁에 두고 함께 웃으며 늙어 가는 것. 매일 눈을 감고 그곳에 가 닿다 보면, 이조차 자연스레 나의 삶이 되어 있겠지.

에필로그

무서운 여름날엔 온종일 수영장에 머물거나 아침저녁으로 짧게 주어지는 시간을 이용해 바닷가를 바짝 걸어 내곤 했다. 그리고 주말이 오면 잘생긴 도서관이나 미술관에 가서 가을을 기다리는 거다. 반년을 기다려 내 더욱이 황홀한 가을 오는 소리가 들리기 시작하면, 테니스 라켓을 들고서 밤하늘을 가로지르고 패들 보딩과 스노클링을 즐기러 바다로 향한다. 이내 온전한 가을이 문 앞에 찾아왔을 땐, 매일 뛰어나가 도시 이곳저곳에 발자

에필로그

국을 남겨야 한다. 아트 행사를 다니며 축제를 만 끽하고, 야외에 앉아 석양을 바라보며 칵테일을 마시고, 하타에 가서는 하이킹을 즐기고, 거북이들 과 수영하고 싶을 땐 푸자이라 로열 비치로 향하 고, 샤르자에 들러 예술 재단이 감각적으로 큐레 이팅한 얼얼한 아트를 들이켜며 두바이의 가을을 만끽해 낸다. 화려한 도시 곳곳에 숨은 나만의 소 중한 맛집을 발견해 보물 지도를 만들고, 도시가 주는 우연 같은 선물들에 감동해 내고, 나와 마주 해 안부를 묻고, 새로운 사람들과 만나 흥을, 익숙 한 이들을 만나 힘을 얻으며 뻗어 나갔던 나의 두 바이살이.

칠 년이라는 시간의 끝자락, 낯설기만 하던 도 시에 어느새 더는 익숙하지 않은 것들을 찾기 힘 들던 무렵에 나는 이제 그만 낯선 나를 버리고 진 짜 나를 입고서 살아 보기로 마음먹었다. 적어도 나에게만은 솔직하기로. 더는 심장이 뛰지 않는 이 도시와 고마웠노라 진심 담아 말할 수 있는 바로 지금 작별하기로. 떠올리면 심장이 콩콩 뛰며 말하는 곳에 용기 내어 풍덩 뛰어들어 보기로. 어떤 의심도 없이 오직 설렘으로 힘차게 두바이에 뛰어들던 처음 그날처럼.

어떻게 펼쳐질지 몰라 흥미진진한 여정이 있다. 많은 이들이 불안감에 어떻게든 인과관계가 성립하는 곧은 선을 만들려 열심히 점들을 갖다 붙이지만, 사실 선이란 그 자체로 아름다운 것임을. 그리고 그 아름다움은 직선에만 국한돼 있지 않음을. 어떤 선이 만들어질지 몰라 재미있는 것이 인생이고 그렇기에 더 짜릿한 게 삶이 아닐까. 특정한 무엇이 될 필요가 없지 않은가. 형태가 또렷한 그림도 좋지만, 빛같이 번지는 그림 역시 아름다운 작품이니까. 만일 이 세상에서 다들 하나씩의 형태를 가져야 하는 거라면, 난 두루뭉술한 빛 같은 형태에 가까운 사람이 아닐까. 내가 가꾸고 싶은 건 나무가 아니라 빛의 정원이 아닌가. 내가 가고 싶은 길은 숲속의 곱게 난 산책로가 아니라

숲을 둘러싼 힘차고 우아한 빛줄기가 아닌가.

　헤매고 있을 땐 그게 무언지 알 수 없다. 어쨌거나 그 시간은 지나고 나서야 의미를 알 수 있는 거니까. 어차피 지금은 알 수 없는 그것을 신나게 한 번 헤매 보기로 했다. 케냐일 줄 알았던 그곳은 떠나기 한 달 전 이탈리아로 변경됐고, 생각지도 못했던 주변 이들의 부러움을 한 몸에 사며 또다른 여정은 시작됐다. 마구 헤매리라. 불안감이 나를 찾지 못할 정도로 바쁘게 도시 속을, 내 안을 헤매리라. 진짜 나를 알려면 내가 알던 나는 잃어야 하는 법이니까.

밀란에서 계속.